martin cereza

BASIMA

Leidenschaft am Limit

Roman

Kössen 2023

Liebe Andrea,

Genieß die kleine
Auszeit mit dem
Buch,
Du hast es dir
vedient.

Ich hoffe es
bringt dir
Freude

Herzlichst

Martin

martin cereza, ist ein österreichischer Autor. Seine spannenden Erzählungen begeistern seit vielen Jahren eine große Fangemeinde.

Im Verlag Twentysix-München erschienen

BlaueisTod
RotglutTod
RachsuchtTod
MoorlandTod
MoorlandAsche

Alle Werke als E-Book erhältlich

www.cereza.at

f

Bibliografische Information der Deutschen Nationalbibliothek:
Die Deutsche Nationalbibliothek verzeichnet diese Publikation in der Deutschen Nationalbibliografie, detaillierte bibliografische Daten sind im Internet über dnb.dnb.de abrufbar.

Impressum:
TWENTYSIX
Eine Marke der Books on Demand GmbH
Herstellung und Verlag:
BoD – Books on Demand, Norderstedt

ISBN: 9783740733094

Erstauflage 2023
www.cereza.at

Vorwort

Frühling 2020

Im matt glänzenden Federkleid der Bergdohlen brach sich das schimmernde Licht der Morgensonne.

Aufgeregt flatterte der kleine Schwarm aus der Eberesche am Rande des Forstweges in die frische Bergluft hinein.

Die unreifen Beeren des Baumes hatten die schwarzen Vögel angelockt. Das Knallen mehrerer Schüsse ließ sie nun panisch fliehen.

Ein einsamer Radfahrer stoppte sein kräftiges E-Bike am Wegrand, rutschte unglücklich aus der Halterung des rechten Pedals und schlug im Schritt auf die Querstange, was ihm angesichts des Schmerzes in des Mannes Stolz das Wasser in die Augen trieb. Ein abscheulicher Fluch entsprang dem verzerrten Mund.

Auch er hatte die Schüsse gehört.

Ein Jäger? Auf keinen Fall.

Ein Jagdgewehr klang anders. Diese Schüsse waren aus dem Lauf einer automatischen Waffe mit ultraschneller Schussfolge gekommen.

Derartige Schusslaute kannte er aus seiner Zeit bei der Bundeswehr.

Er überlegte.

Übten Soldaten aus dem nahen Luftwaffenstützpunkt im Bergwald?

Sicher nicht, soweit ihm bekannt gab es dort keinerlei Rekruten in Ausbildung.

Eine Hubschrauberstaffel, das schon, aber keine Gebirgsjäger oder Pioniere. Nein, das Geknalle musste andere Gründe haben.

Ächzend bestieg er sein Rad, folgte dem Forstweg, der weiter vorne zu einer engen Straße wurde, die an einem romantischen Bergsee, an alten Bergbauernhöfen und kleinen Weilern vorbeiführte, bevor sie in die Bundesstraße in Richtung Salzkammergut mündete.

Als die Schüsse gefallen waren, hatte er gerade die enge Biegung erreicht, in der die lange und kraftraubende Steigung in ein flaches Stück überging.

Ein herrlicher Blick auf die Hütten der in der Morgensonne gelegenen Alm sowie auf einen imposanten Gebirgsstock, ein stiller Wächter der unmittelbaren Umgebung, tat sich vor ihm auf.

Von einem Bauern im Ort wusste er, dass vor langer Zeit auf dieser sonnigen Alpe ein kräftiger Bulle seine Herde vor einem Bären zu schützen hatte und dabei das riesige Raubtier tötete.

Diese alten Sagen und Schönheiten der Natur berührten ihn nicht sonderlich fuhr er diese Strecke dreimal die Woche, kannte alle Plätze und widmete sich im Regelfall konzentriert seinem *Workout*, welches eine moderne *Smartwatch* in allen erdenklichen Varianten aufzeichnete.

Nicht so heute, nicht jetzt.

Puls und Trittfrequenz interessierten ihn plötzlich nicht mehr.

Sein Jagdinstinkt war geweckt.

Erinnerungen an die Zeit in Afghanistan tauchten vor seinem geistigen Auge auf.

Eine Intuition, dem jahrelangen Einsatz im Land der Taliban geschuldet, hatte von seinem Ego Besitz ergriffen. Hier stimmte etwas ganz und gar nicht. Er wollte herausfinden, was es mit diesen Schüssen in der Einsamkeit der Berge auf sich hatte.

Der Forstweg fiel langsam ab, sein Bergrad nahm Tempo auf. Der Wald wurde dichter, die Sicht schlechter, bald würde er die Weggabelung erreichen, an der er stets seine erste Pause einlegte.

Lautes Dröhnen eines kräftigen Motors durchbrach die Stille des Bergwaldes. Ein Fahrzeug entfernte sich in Richtung des Jagdhauses, welches fünfhundert Meter entfernt am Wegrand lag.

Dann sah er es.

Direkt vor ihm gabelte sich der Forstweg, eine Ausweiche schaffte mehr Platz.

Das Fahrzeug stand quer zur Fahrspur, die vorderen Räder hingen über die steil in den dichten Wald abfallende Böschung. Der noch laufende Motor ließ kleine Rauchschwaden in die klare Frühlingsluft steigen, an diesem fünfzehnten Mai des Jahres 2020.

Bereits aus der Entfernung registrierte er mehrere Einschüsse in Seitenfenster und Frontscheibe des Fahrzeuges, dem er sich vorsichtig näherte.

Was sich seinen Augen darbot, ließ sein Blut in den Adern gefrieren.

Als ehemaliger Elitesoldat einer Spezialeinheit, jahrelang in den Krisengebieten dieser Erde eingesetzt, war er gewohnt Tod und Elend zu begegnen.

Diese Begegnung jedoch war einzigartig, grausam und schrecklich.

1

Der luftige Store blähte sich ähnlich der Seidenhülle eines Ballons im Morgenwind, erreichte das Bettende, umwehte nackte Füße.

Unter der kuscheligen Daunendecke im breiten Luxusbett regten sich zwei Körper.

Basima war erwacht.

Wie jeden Morgen zog sie übermütig die Bettdecke zur Seite, was den neben ihr liegenden nackten Mann zu einem ärgerlichen Grunzen animierte. Hannes Dullin spielte das Spiel täglich mit, im Wissen, wie glücklich dieses kindliche Zeremoniell seine frisch angetraute Ehefrau machte.

Zwei Menschen lieferten sich eine Polsterschlacht, tollten wie Zehnjährige, fielen sich in die Arme und gerieten in einen Taumel aus Leidenschaft, erotischer Ekstase. Basima setzte sich auf seine Schenkel, fasste seine Arme und drückte sie seitlich auf das Laken. ihr fordernder Blick suchte seine schläfrigen Augen.

Wie wunderschön sie ist, dachte Hannes. Ihr glänzendes Haar, die bronzefarbene Haut, in den schwarzen Augen winzige goldene Sternchen und ein Mund so sündhaft geschwungen wie eine geöffnete frische Südfrucht.

Behutsam nahm er von ihr Besitz, ihr leises Stöhnen ließ ihn nur mühsam die Beherrschung halten. Nicht allzu lange und ein schnelles Ende rang ihn nieder. Wie jedes Mal schämte er sich. Zu gerne hätte er die göttlich feuchte Wärme länger genossen, ihr ein befriedigendes Liebesglück geschenkt.

Basima streckte sich. Liebevoll nahm sie seinen Kopf in ihre Hände, ein langer Kuss ließ ihn in eine angenehme Ruhe und Ausgeglichenheit abgleiten.

»Mach dir keinen Kopf kleiner Schützenkönig, es war wunderschön, ich liebe dich und es ist gut so, wie es ist. Keine Sorge, alles gut, mein Herz.«

Vertraute Zärtlichkeiten besonderer Art, kuschelige Zweisamkeit und eine unendlich geduldige Basima bescherten Hannes eine zweite Chance, die er nützte und die Liebenden in ein Paradies aufwühlender Gefühle fallen ließ.

»So, so junger Mann, ist das deine neue Taktik? Zuerst wiegst du mich in Sicherheit, um mich danach um den Verstand zu bringen? Ich werde in Zukunft besser aufpassen müssen.«

Basima klopfte ihm lachend auf den nackten Po, sprang aus dem Bett und verschwand im Badezimmer.

Was habe ich für ein Glück, diese Frau kennengelernt zu haben, dachte Hannes.

Vor drei Jahren war es gewesen.

Auf einem Empfang des diplomatischen Korps in der Wiener Hofburg in Anwesenheit des Bundespräsidenten, hatte er sie zum ersten Mal gesehen. Sie war in Begleitung des Staatssekretärs im Gesundheitsministerium, der sie ihm damals vorgestellt hatte.

»Frau Dr. Basima El Din, eine neue Mitarbeiterin im Ministerium, Herr Professor Hannes Dullin, ein wichtiger Mann in der IAEA, der Atomaufsichtsbehörde in Wien.«

»Lassen wir das *wichtig* außen vor, niemand ist wirklich wichtig. Es freut mich außerordentlich, Ihre Bekanntschaft zu machen.«

Er erinnerte sich noch genau an ihr leicht arrogant wirkendes Schmunzeln. Und doch war bereits bei ihrem ersten Treffen so etwas wie ein kleiner Funke der Sympathie übergesprungen.

»Sie kommen aus Mesopotamien, dem Zweistromland. Richtig? Entschuldigen Sie meine Direktheit, es ist nur so, dass mich Menschen und Kultur dieser Region schon sehr früh fasziniert haben, ich habe später auch meine Dissertation darüber geschrieben. Die Menschen dort bauten vor 5500 Jahren bereits Dörfer und Städte, wir saßen zu dieser Zeit noch in Höhlen und starrten in ein niedergebranntes Feuer. Die Wiege der Zivilisation zwischen Euphrat und Tigris, immer wieder ein Thema, über welches zu diskutieren keine Minute zu schade ist.«

Damals hatte sie ihn erstaunt angesehen, als wüsste sie nicht, was sie von einem Kerl halten sollte, der auf dem Empfang des Herrn Bundespräsidenten über seine Lieblingsregion dozierte.

»Eine Frage Herr Professor. Wie kommen Sie zu dieser gewagten Vermutung? Trage ich ein besonderes Mal im Gesicht?«

»Oh nein, nein, um Gottes willen, nein. Es sind die perfekten Gesichtszüge, die Schönheit, die Aura, ja, die Ausstrahlung. Alles Anzeichen die sich bei Frauen aus diesem Teil der Welt nicht verleugnen lassen. Syrien oder Irak nur eines dieser beiden Länder kann infrage kommen.«

Ihr Lächeln war breiter geworden. Eine Reihe strahlend weißer Zähne wurde sichtbar.

»Entweder sind Sie einer dieser verrückten Wissenschaftler, die ständig in ihrer ureigenen Welt leben oder Sie haben es faustdick hinter den Ohren, fahren eine völlig neue Masche der Anmache. Interessant allemal.«

Die Antwort hatte ihn überrascht, er hatte nicht mit einem derart soliden Selbstbewusstsein einer Frau des Orients gerechnet. Von einem Augenblick auf den anderen war er verliebt. Erstmals seit dem Krebstod seiner Ehefrau vor fünf Jahren, regte sich dieser Zustand, dieses Kribbeln, diese innere Freude.

»Was halten sie von einem Gläschen an der Bar?«

»Kein schlechter Versuch, aber ich trinke heute keinen Alkohol. Außerdem bin ich in Begleitung des Herrn Staatssekretärs hier. Es schickt sich nicht für eine Dame, ihren Begleiter stehenzulassen, das ist auch in Wien so oder irre ich mich? Vielleicht sieht man sich wieder einmal in einem anderen Zusammenhang. Ach ja, um ihren Wissensdurst zu stillen, ich komme aus Aleppo, genauer gesagt aus dem Stadtteil Dschudaide, wie Sie sicher wissen, ist dies das Viertel der Christen, ich bin Christin. Meine Heimat mit den wunderschönen Kirchen wurde im Bürgerkrieg durch Kämpfe zwischen Rebellen, Islamisten und Regierungstruppen total zerstört.

Es gibt Aleppo, eine der ältesten Städte des Universums nicht mehr, zumal die Stadt von wahnsinnigen Kriegstreibern dem Erdboden gleichgemacht wurde, während die restliche Welt zugesehen hat. Auch ihr Land, Herr Professor, schönen Abend noch.«

Ein Jahr lang hatte er sie nach diesem Zusammentreffen nicht gesehen.

Alles hatte er in Bewegung gesetzt, sein gesamtes Netzwerk auf Trab gebracht, nichts.

Niemand schien etwas über diese wunderbare Frau zu wissen.

An einem herrlichen Frühlingstag im Mai 2018 saß er auf einer Bank im Volksgarten, um seine Mittagspause zu genießen. Er hatte das Sandwich gerade vom Mund geführt, kaute genüsslich den köstlichen Thunfisch, als plötzlich von hinten zwei Hände auf seine Augen gelegt wurden.

Erschrocken hielt er inne.

Es waren ohne Zweifel Damenhände.

Feiner Parfümduft schmeichelte seiner Nase.

Verdammt, dachte er, dieses Aroma kenne ich! Woher bloß?

Mache jetzt nur keinen Fehler Dullin, alter Depp.

Könnte fatal enden in einer Zeit der Suche nach einer neuen Partnerin. Einige Damen der Wiener Gesellschaft hatte er immerhin im Talon. Jetzt nur ja keinen falschen Namen erraten wollen.

»Will dir den Frühling zeigen, der hundert Wunder hat.«

Eines bekannten Dichters Vers kann nie schaden, war seine Überlegung.

»Rainer Maria Rilke«, kam prompt die Antwort aus seinem Rücken.

»Der Frühling ist waldeigen und kommt nicht in die Stadt.«

Diese Stimme erkannte er sofort.

»Frau Doktor Basima El Din aus Aleppo zitiert Rainer Maria Rilke! Respekt.«

Behutsam fasste er ihre Hände und zog sie weg, um kurz darauf in die für ihn schönsten Augen der Welt zu blicken.

Dieser Frühlingstag vor fast genau zwei Jahren war der Beginn eines neuen Lebens.

Insbesondere für Basima, die 2015 mit dem großen Flüchtlingsstrom nach Österreich gekommen war. Dank ihrer Ausbildung als Ärztin mit perfekten Sprachkenntnissen sowie des unbändigen Willens, einen Neubeginn zu schaffen, hatte sie sich sehr schnell im Land integriert.

Ihr Ziel war es, so schnell wie möglich wieder als Ärztin zu praktizieren. Vorläufig musste sie sich mit einem Job im Gesundheitsministerium zufriedengeben, die Chancen auf eine baldige Eingliederung in die österreichische Ärzteschaft standen jedoch sehr gut.

Im Juli 2019 bekam sie endlich ihre Zulassung sowie eine Stellung in einer Wiener Klinik.

Kurz danach heirateten Dr. Basima El Din und Professor Dr. Hannes Dullin in der kleinen Kirche zu Pürgg im steirischen Ennstal, wo sie auch ihren Hochzeitsurlaub verbrachten.

»Frühstück ist fertig, Hannes! Kommst du?«

Ruckartig wurde er aus seinen Gedanken gerissen, sprang aus dem Bett und eilte ins Bad.

2

Das Al Nawforaa Café liegt am schönsten Platz im malerischen Teil der Altstadt von Damaskus.

Das geschäftige Treiben rund um das bekannteste orientalische Kaffeehaus der Stadt lockt nicht nur Einheimische zum Plausch bei Kaffee und Tee, sondern auch viele Touristen.

Zu Beginn des Krieges war auch die Hauptstadt schwer in Mitleidenschaft gezogen worden, nunmehr finden in diesem Teil kaum Kampfhandlungen statt und langsam scheint so etwas wie Normalität einzukehren.

Was nicht darüber hinwegtäuschen kann, dass im ganzen Land die Menschen nach wie vor große Not leiden, insbesondere im Norden und Nordosten des Landes, wo ständige Angriffe islamischer Terroristen auf der Tagesordnung stehen.

Unfassbares Leid herrscht in diesen Regionen fehlt es den Menschen immer noch an trockenen Unterkünften, Wasser, Strom und Lebensmitteln.

Die illustre Runde im Hinterzimmer des Al Nawforaa hatte diese Sorge nicht. Traditionell zubereiteter Schwarztee mit Minze und Rohrzucker, Silbertabletts mit Köstlichkeiten aus der syrischen Küche sowie kleine Flechtkörbe, gefüllt mit zuckersüßen Naschereien, standen bereit.

»Bedienen Sie sich Gentlemen, Sie sind meine Gäste. Meine Heimat ist bekannt für eine exzellente Küche, genießen Sie diese Köstlichkeiten, es ist mir eine große Ehre, Sie zu bewirten.«

Der Mann im hellen Flanellanzug verbeugte sich vor seinen Gästen. Drei Männer hatten am runden Tisch Platz genommen. Ein Weißer, ein Araber und ein Mann schwarzer Hautfarbe nickten und griffen zu.

»Es freut mich, dass Sie meiner Einladung gefolgt sind. Dieser Raum ist absolut abhörsicher, wir können uns also offen und ungestört unterhalten.«

Baschnar El Din ließ sich auf einem freien Korbstuhl nieder, schlug seine Beine übereinander und zündete sich eine Zigarre an. Seine schwarzen Augen musterten jeden der Anwesenden eindringlich.

Wladimir Kuchanko, dreißigjähriger ehemaliger Elitesoldat in einer Armee des Ostens, Saddam

Balany, Araber mit unbekannten Wurzeln und John Billiger, US-Amerikaner aus Atlanta, warteten gespannt auf die nächste Erklärung des Mannes, der sie eingeladen hatte.

Baschnar El Din räusperte sich, bevor er seine sonore Stimme erklingen ließ.

»Sie kennen sich nicht, sitzen heute zum ersten Mal gemeinsam mit mir an einem Tisch und doch haben Sie etwas, was sie vereint. Sie alle haben dieselben Fähigkeiten, man könnte auch sagen denselben Beruf, oder soll ich sagen Berufung? Es sind diese Fähigkeiten, die mich zur Auswahl bewogen haben und ich bin davon überzeugt, die richtige Wahl getroffen zu haben. Sie werden mich nicht enttäuschen.«

Genussvoll ließ er kleine Tabakschwaden zur verrauchten Decke steigen.

»Ihr Männer des Orients habt diesen gottverdammten Drang, eure Reden unnötig lange auszuschmücken, kommen Sie zur Sache, meine Zeit ist kostbar und teuer.«

John Billiger streckte sich, er schob die modische Sonnenbrille auf seine schwarze Stirn, der kalte Blick fixierte den Redner.

»Ihr Amerikaner habt euch mit euren Schnellschüssen oft genug in den Dreck manövriert, bleiben Sie gelassen, Mister Billiger, unsere Verabredung braucht Zeit.

Geduld ist die Mutter des Erfolges, wenn Sie diese nicht aufbringen können, wird es besser sein Sie steigen aus!«

Die letzten Worte kamen eine Nuance schärfer, bestimmender über die leicht wulstigen Lippen des Mannes. Spätestens jetzt erkannte man in ihm den Militaristen, den ehemaligen Oberst, den Offizier, der keinen Widerspruch duldete. John Billiger hatte die Warnung mitbekommen, er schwieg.

»Sind wir uns also einig? Ich bezahle, ich gebe die Befehle, Sie führen diese aus. Bedingungslos. Ist das klar?«

Die Männer schwiegen, was als Zustimmung zu werten war.

»Mein Name ist Baschnar El Din. Ich habe Sie einberufen, um Ihnen spezielle Aufgaben zu übertragen, die Sie für mich erfüllen werden. Sie sollen meine nach Europa geflüchtete Ehefrau und die von ihr nachgeholten Kinder aus den Fängen dieser Ungläubigen befreien und zu mir zurückbringen. Saddam Balany, er sitzt hier mit Ihnen am Tisch, ein treuer Kampfgefährte wird die Aktion steuern.

Mister Kuchanko und Mister Billiger, Sie werden nach Europa reisen, meine Frau Basima finden und zurückbringen. Ebenso ist es Ihre Aufgabe, meinen Sohn Adil sowie meine Tochter Amira in die Heimat zu überführen.

Vorrang haben jedenfalls die Kinder. Sollte Basima es nicht schaffen, so darf sie meinetwegen in ungläubiger Erde Ruhe finden.«

Der Ex-Oberst ließ seine Worte wirken.

Saddam Balany knabberte seelenruhig an einem Stück Kuchen, als ginge ihn das alles nichts an.

Die beiden anderen Männer wechselten einen schnellen Blick, dann begann Kuchanko zu reden.

»Mister El Din, ich bin nicht der richtige Mann für Sie, was Sie brauchen, ist ein Detektiv oder ein Sozialarbeiter. Ich bin Soldat, spezialisiert zu töten, schnell, effizient und lautlos. Das ist mein Spezialgebiet. Ich bin kein Kindermädchen, das sich um Ihre Kleinen kümmert.«

John Billiger nickte. Sein Versuch zu sprechen, wurde mit einer Handbewegung des Obersts unterbrochen.

»Ich wiederhole mich. Geduld, meine Herren, warten Sie die Erläuterung des Planes ab, dann können Sie sich endgültig festlegen. Eines kann ich Ihnen jetzt bereits garantieren. Ihre Qualitäten als Soldaten effizient und lautlos zu töten, wie es Mister Kuchanko ausdrückt, diese Qualitäten werden in jedem Fall gefordert sein.«

El Din orderte einen Kellner, um den Tisch abzuräumen und neuen Tee zu bringen.

Danach legte er einige beschriebene Blätter vor jeden der Anwesenden.

»Das sind die Vorgaben für den Einsatz. Wir werden diese gemeinsam besprechen, uns die Daten verinnerlichen und die Blätter danach verbrennen.«

3

Leuchtend gelbe Tulpen zierten den Frühstückstisch.

Neben frischen Brötchen hatte er wie immer diese Blumen mitgebracht.

Basima liebte gelbe Tulpen.

Flankiert von ihren Kindern, schritt sie über die breite Treppe in den Salon und von dort zum ausladenden Wintergarten der prächtigen Villa.

Das historische Gebäude in einem der Wiener Nobelbezirke stand im Besitz eines steinreichen Unternehmers aus Saudi-Arabien. Hannes Dullin betreute das noble Anwesen samt Parkanlage und Pool. Als Gegenleistung durfte er die vom Araber als Geldanlage erworbene Immobilie bewohnen. Ein absoluter Glücksfall für ihn. Mit seinem Einkommen hätte er sich diesen Luxus nicht leisten können, das war dann doch eine Nummer zu groß für ihn.

Durch Zufall hatte man sich auf einer Konferenz der IAEA in Kairo kennengelernt. Professor Hannes Dullin vermittelte daraufhin den Immobiliendeal in Wien und wohnte seither nobel und zufrieden. Der Besitzer nützte lediglich einen Teil der Zimmer im Obergeschoss bei seinen Besuchen in der österreichischen Hauptstadt, was selten der Fall war.

Basima strahlte.

Seit zwei Wochen waren ihre beiden Kinder wieder bei ihr. Mehr als sechs Jahre hatten sie getrennt voneinander gelebt.

Baschnar El Din, den sie verlassen hatte, hatte ihr im Herbst 2014 die bei ihr lebenden Kinder weggenommen, sie entführt. Die Unterbringung in einer internationalen Schule samt westlich orientierter Erziehung war dem streng gläubigen Moslem ein Dorn im Auge gewesen.

Danach bedrohte er Basima massiv mit dem Tode, sollte sie die Nachforschungen nach Adil und Amira nicht einstellen. Unter grausamen seelischen Qualen entschloss sie sich 2015 die Flucht ohne die Kinder anzutreten.

Auf verschlungenen Wegen erreichte sie im Sommer 2015 Österreich, wo sie um Asyl ansuchte. Gleichzeitig beantragte sie Familienzusammenführung.

Familienzusammenführung!

Eines der schrecklichsten Worte unserer Zeit. Hat es zur Voraussetzung, dass eine Familie zuvor gewaltsam getrennt wurde. Kaum vorstellbar in unseren Breiten, wo sich Familien zwar auch trennen, überwiegend jedoch aus banalen Gründen, deren Ursachen mit jenen in Kriegsgebieten nichts, aber auch gar nichts gemein haben. Sind es hierzulande Auswüchse einer ausufernden Wohlstandsgesellschaft, so liegen diese in einer Krisenregion daran, dass Familien durch Kriegswirren, Flüchtlingsströme und religiöse Irrungen auseinandergerissen werden.

Basima hatte ein bescheidenes Vermögen geerbt. Von ihrem verstorbenen Vater und ihrer Mutter, einer ehemaligen Deutschlehrerin, die mittlerweile in Liechtenstein ihren Lebensabend verbrachte.

Ein großer Vorteil gegenüber anderen Vertriebenen.

Die Mutter hatte ihr Erspartes in weiser Voraussicht in Liechtenstein angelegt. Nachdem das Asylverfahren für Basima positiv bescheidet worden war, konnte sie auf diese Gelder zugreifen.

Ein Detektivbüro im israelischen Tel Aviv, spezialisiert auf Fälle dieser Art mit jahrzehntelanger Erfahrung bei Personensuche sowie Zusammenführung versprengter Familienmitglieder, übernahm den Auftrag. Es dauerte trotz professioneller Vorgangsweise beinahe fünf Jahre, bis die

Kinder aufgespürt, in einer filmreifen Aktion befreit und über Israel auf dem Luftweg nach Wien überstellt werden konnten.

»Guten Morgen, Hannes. Hast du gut geschlafen?«

Der siebzehnjährige Adil sprach ein akzentfreies Deutsch, geschuldet dem Unterricht der Großmutter sowie dem Bemühen der Mutter, ihre Kinder zu Weltbürgern zu erziehen. Amira, fünfzehn Jahre alt und mit der Schönheit ihrer Mutter gesegnet, sprach ebenfalls perfekt Deutsch, Englisch und Französisch.

»Hallo ihr Lieben, danke, ich habe ausgezeichnet geschlafen, wie sieht's bei euch aus?«

»Seit ich hier bin, habe ich heute erstmals nicht gut geschlafen, ich glaube, es ist die Aufregung der bevorstehenden Reise. Ich freue mich riesig, dein Heimatland näher kennenzulernen.«

Am Tisch angekommen umarmte Amira Hannes und deutete einen Kuss auf seine Wange an. Adil nickte ihm zu und stürzte sich auf die Köstlichkeiten des Frühstückstisches, wie alle jungen Männer, gesegnet mit dem Riesenappetit des pubertierenden Körpers.

Basima fasste den Hausherrn von hinten an den Schultern, beugte sich und drückte zärtliche Küsse auf Hals und Kinn. Amira errötete leicht beim Anblick der Liebkosungen. Für sie ungewohnt, senkte das Mädchen beschämt den Kopf.

»Wir sind jetzt ein Ehepaar, Amira. Ich weiß, es ist für dich schwer nach der langen Zeit ohne mich, aber ich liebe Hannes und wir möchten beide, dass wir von nun an als Familie leben. Gib uns gemeinsam ein wenig Zeit, wir werden es schaffen, in unserem neuen Heimatland glücklich zu werden, mein Schatz.«

Liebevoll strich sie ihrer Tochter über die Wange, wischte die einzelne Träne weg, die Amira nicht zurückhalten konnte.

»Hat schon jemand einen Blick auf die Garagenzufahrt geworfen?«

Hannes zog die im Wind leicht wallende Gardine zur Seite, neben einem herrlichen Blick auf den Vorgarten konnte man seitlich die Zufahrt zur Tiefgarage ausmachen.

»Wow! Was ist denn das? Seit wann besitzt du einen Wohncaravan?«

Basima und die Kinder waren aufgesprungenem, um den modernen Caravan genauer zu betrachten. Ein Wohnmobil neuester Bauart mit dem Schriftzug eines bekannten Vermieters stand in der hellen Morgensonne.

»Was hast du vor, Hannes? Gehst du jetzt unter die Nomaden?«

Ein leicht ironisches Lächeln umspielte die vollen Lippen seiner Frau.

»Keinesfalls meine Liebe. Wir werden unsere Reise nicht wie geplant mit dem Personenwagen antreten, wir nehmen den Bus.«

Hannes Dullin strahlte wie ein kleiner Junge beim Anblick seiner ersten Eisenbahn.

»Es mag ja ein lange gehegter Wunsch des Herrn Hofrates sein, ein abenteuerlicher Indianer zu werden, ich werde nicht deine Squaw sein, in dunklen Wäldern nächtigen und mir Wolfsgeheul anhören.«

»Das habe ich keinesfalls vor, Basima. Wir werden mit dem Bus bequem reisen. Anhalten, wenn uns danach ist, einen Kaffee brauen, die schöne Landschaft betrachten, in einen kalten See springen und das nächste Ziel anvisieren. Genächtigt wird in einem Hotel, das verspreche ich dir. Sollte Arbeit anfallen wie Geschirr waschen oder dergleichen, das erledigen gerne unsere jugendlichen Mitreisenden. Außerdem ist es in Zeiten der Pandemie immer gut, ein Dach über dem Kopf zu haben, sollte uns ein Hotel einmal abweisen.«

»Das ist der Wahnsinn. Eine tolle Überraschung, Mama, das wird dir gefallen.«

Adil biss in ein Schinkenbrötchen, in seinen dunklen Augen war helle Freude zu lesen.

Basima warf einen letzten skeptischen Blick auf das Fahrzeug, strich sich eine Haarsträhne aus der Stirn und setzte sich.

»Wir werden den Wagen nach dem Frühstück mit den Dingen bepacken, die wir auch im Auto mitgenommen hätten. Heute ist Freitag, 8. Mai 2020. Das Wochenende mit dem Muttertag steht bevor, es wird viel Ausfallverkehr aus der Stadt geben. Wir nehmen deshalb erst am späteren Nachmittag die A2 in Richtung Süden, fahren bis Graz, dort checken wir in einem feinen Hotel ein. Morgen schauen wir uns die zweitgrößte Stadt Österreichs an, am frühen Abend geht es weiter in die südsteirische Weinstraße, dort übernachten wir in einem typischen steirischen Weingut. Wir bleiben zwei Nächte, weil ich geplant habe, euch Slowenien zu zeigen, ein Gebiet, das vor hundert Jahren noch zu Österreich gehörte. Montag geht es weiter nach Kärnten, entlang des Wörthersees bis nach Osttirol. Wir übernachten in Lienz, fahren Dienstag weiter nach Südtirol, ebenfalls ehemaliges österreichisches Gebiet mit hochinteressanter Geschichte und Tradition. Nach einer Nacht in Meran überqueren wir am Mittwoch den Brennerpass und treffen in Innsbruck ein. Donnerstag geht die Reise über bayrisches Staatsgebiet vorbei an schönen Seen und Schlössern des ehemaligen bayrischen Königs bis ins steirische Ennstal. Dort treffen wir am Abend ein und bleiben bis zum Sonntag in einem wunderbaren Hotel.

Der der darauffolgende Tag ist Freitag, 15. Mai 2020, ein für uns Österreicher ganz spezielles Datum. Vor 65 Jahren wurde an diesem Tag der österreichische Staatsvertrag betreffend die Wiederherstellung eines unabhängigen und demokratischen Österreich im Schloss Belvedere in Wien unterzeichnet. An diesem Tag werde ich beginnen, euch meine engere, wunderschöne Heimat vorzustellen.

Dort, wo ich auf einem Bergbauernhof geboren wurde, wo ich aufgewachsen und im Dorf zur Schule gegangen bin.

In der kleinen Kirche zu Pürgg, ein Juwel am Fuße des mächtigen Grimming, haben eure Mutter und ich vor gar nicht langer Zeit geheiratet. Es wird euch gefallen.«

»Bist du sicher, dass wir nach Südtirol einreisen dürfen? Italien hat sehr strenge Covid-Regeln.«

»Ich habe alle Unterlagen besorgt, keine Bange, Basima. Wir dürfen auf der Durchreise in Meran übernachten. Garantiert nicht im Bus, sondern in einem schönen Hotel, wo einst sogar Kaiserin Sissy abgestiegen ist.«

Hannes Dullin lachte schnippisch, gab ihr einen Klaps auf den Po und begann den Tisch abzuräumen.

4

Dichter Zigarettenqualm schwebte über den Köpfen der Männer im Café in der Altstadt.

Es war heiß geworden, die leichten Sakkos lagen zerknüllt auf den alten Stühlen, die Ärmel hochgekrempelt, die Knöpfe offen bis zum Bauch brüteten sie über den Plänen.

»Viel haben Sie nicht zu bieten, Oberst. Die wenigen Hinweise werden es sehr schwierig machen, ihre Frau aufzuspüren. Okay, sie hält sich in Mitteleuropa auf, innerhalb der EU-Grenzen. Eine Gemeinschaft von 27 Staaten auf mehr als vier Millionen Quadratkilometer Fläche mit beinahe 450 Millionen Einwohnern. Haben Sie überhaupt eine Ahnung, wie groß das ist?«

»Sie brauchen mich nicht über die Europäische Union aufzuklären, Billiger! Nicht nur die Amerikaner finden sich auf dieser Erde zurecht. Außerdem sind ihre Daten keinesfalls relevant.

Es ist Ihre Aufgabe, den Fluchtweg zu rekonstruieren, das wird der erste wesentliche Schritt sein. In weiterer Folge werden wir in den Datenbanken der Asylbehörden dieser 27 Länder stöbern. Hier kommt mein Freund Saddam Balany ins Spiel. Er wird Sie mit entsprechenden Informationen versorgen. Wobei es Sie nicht zu interessieren hat, woher diese Daten stammen.«

Baschnar El Din war ins Schwitzen geraten, in der rechten Hand hielt er eine rote Heftmappe.

»Hier sind detaillierte Aufzeichnungen ihrer Flucht durch die Türkei. An der Riviera im Süden des Landes verliert sich ihre Spur. Gut möglich, dass sie eines der unzähligen Boote nach Griechenland gebracht hat, danach wird es schwierig.

Basima hatte ihre Flucht professionell vorbereitet, sie hatte Geld, dürfte sich auch falsche Papiere besorgt haben. Mit dem damaligen Massenstrom über den Balkan wird sie nicht gezogen sein. Sie kann also überall in Europa gestrandet sein. Vergessen Sie nicht, sie ist Ärztin, spricht mehrere Sprachen, ist intelligent und gerissen. In dieser Mappe sind auch Bilder von ihr, sie ist eine außergewöhnlich schöne Frau, sie wird aufgefallen sein, ich bin sicher, dass sich andere Flüchtlinge an sie erinnern. Hier müssen Sie ansetzen. Ein Geländewagen steht bereit. Papiere, die Sie als UN-Vertreter ausweisen und viele Türen öffnen werden, sind hier in diesem Kuvert. Ebenso 10.000 Dollar Bargeld für jeden von Ihnen, das wird für den Anfang reichen. Abgerechnet wird wie vereinbart zum Schluss. Alles klar?«

»Soll das heißen, wir müssen mit dem Wagen Hunderte Meilen durch ehemaliges und aufrechtes Kriegsgebiet fahren, von Minen verwüstet, gespickt mit terroristischen Hinterhalten, Rebellen und was sonst noch alles da draußen rumballert? Danke, ohne mich!«

Billiger's hochroter Kopf war nicht nur der Hitze geschuldet, eine dicke Zornesader verlief über seinen kräftigen Hals.

»Sollten Sie eine Bahnverbindung finden, lassen Sie es mich wissen, Billiger. Ich bin bereit, Tickets der Ersten Klasse zu besorgen.«

Blanker Sarkasmus.

»Ich komme langsam zur Überzeugung, den falschen Mann ausgewählt zu haben, Billiger. Sie beugen sich meinen Befehlen oder verlassen in den nächsten drei Minuten diesen Raum!«

Da war er wieder dieser Befehlston, eiskalt, keinen Widerspruch duldend.

Billiger lächelte süffisant, verbiss sich jedoch weitere Einwände.

Die Stille im Raum war bedrückend.

Demonstrativ wartete Baschnar El Din auf die Sekunde genau drei Minuten.

»Gut, dann ist das geklärt. Ich gebe Ihnen drei Tage zur Vorbereitung der Reise. Die Strecke über Aleppo mit notwendigen Abweichungen bis an die türkische Riviera beträgt in etwa 1300 bis 1500 Meilen. In acht bis zehn Tagen müsste dies zu schaffen sein. Sind Sie angekommen, sagen wir in spätestens zehn Tagen melden Sie sich mit ersten Ergebnissen. Danach sehen wir weiter. Stellen Sie sich darauf ein, von einem der Touristenorte einen Flug in eine europäische Stadt zu nehmen.

Das wäre alles, ich erwarte vollen Einsatz und wünsche viel Erfolg.«

5

Beschwingte Klaviermusik berieselte die speisenden Gäste auf der von milder Abendsonne ausgeleuchteten Terrasse des noblen Hotels.

»Das war die schönste Woche meines Lebens. Ich habe die fantastischen Eindrücke noch nicht verarbeitet, trotzdem, es war ein traumhafter Trip. Du weißt nicht, welche Riesenfreude du mir und den Kindern bereitet hast. Danke, Schatz. Darauf trinken wir jetzt.«

Basima hob ihr Glas. Auch die Kinder durften zur Feier des Tages ein Gläschen Champagner probieren. Gemeinsam tranken sie auf den schönen Abend.

»Noch ist unsere Reise nicht zu Ende, meine Lieben. Wie ihr wisst, werden wir in den nächsten Tagen in meine Kindheitserinnerungen eintauchen. Ich will euch zeigen, wo ich aufgewachsen bin, wo ich zur Schule gegangen bin, wo ich die

Sommer auf unserer Alm verbracht habe und vieles mehr. Wir beginnen am Morgen mit einer Fahrt auf die Alm, die liegt dort drüben auf der anderen Talseite, seht ihr den mächtigen Gebirgsstock? Er ist der Wächter über die weitläufigen Almen zu seinen Füßen. Dort werden in zwei bis drei Wochen die Mutterkühe mit ihren Kälbern weiden.

Die schöne alte Berghütte wird euch gefallen, wir nehmen eine Jause mit und lassen es uns vor der Hütte gut gehen.«

»Was sind Mutterkühe? Gehören sie deiner Mutter?«

Hannes Dullin lächelte ob der Frage von Amira, die in einem Land völlig anderer Kulturen aufgewachsen war. Woher sollte sie diesen Begriff kennen?

»Mutterkühe sind Tiere, die ihre Kälber ab Geburt bei sich haben, sie säugen diese, bewachen sie und sind ständig mit ihnen zusammen, eben wie eine Mutter. Deshalb der Ausdruck Mutterkühe.«

»Aber die anderen Kühe haben ja auch Kälber, sind das dann keine Mutterkühe?«

»Dabei handelt es sich um die sogenannte Milchkuh-Haltung. Natürlich gebären diese Tiere auch Kälber, sie werden ihnen aber gleich nach der Geburt abgenommen, werden vom Bauern großgezogen und betreut.

Die Milchkühe liefern sofort nach der Geburt ihrer Kälber wieder wertvolle Vollmilch für Butter und Käse. Darin liegt der Unterschied zu den Mutterkühen, alles klar ihr beiden Jungbauern?«

Basima betrachtete überglücklich ihre kleine Familie, ihr war, als seien die Kinder angekommen. Sie hatten die Gräuel des Krieges natürlich nicht vergessen, diese furchtbaren Zeiten würden ein ganzes Leben in ihren Seelen sichtbare Narben hinterlassen.

Doch diese Woche, zusammen mit ihrem Mann diese Woche hatte den jungen Leuten sehr gutgetan. Wie schön war sie anzusehen, diese neue Lockerheit, diese Zuneigung zu ihrem Ziehvater, die Freude am Leben sowie die allen jungen Menschen angeborene Neugier.

»Die Nachspeise kommt, seht nur, ist das nicht herrlich?«

Vom Servierwagen reichte der Kellner flambierte *Salzburger Nockerl*.

Bläulich schimmernde Flammen rund um das Soufflé erzeugten eine mystische Stimmung.

»Wow, das sieht ja noch besser aus, als Oma es geschildert hat. Sie hat uns einmal davon erzählt, nun dürfen wir die Dinger selbst genießen. Manchmal denke ich, es ist alles nur ein Traum.«

Adil blickte über die duftende Nachspeise hinweg zum Gebirgsstock, der im Abendrot einem Feuerberg in hellen Flammen glich.

In seinen feuchten Augen stand ein schwer deutbarer Ausdruck.

Freude oder Traurigkeit?

»Was hast du mein Großer? Gibt es einen Grund für deinen traurigen Blick?«

Basima strich dem neben ihr sitzenden Adil über den dichten Haarschopf.

»Dieser Berg, der Feuerschein, es kommt mir vor wie damals. Die ersten Bombenangriffe, dieselbe Stimmung, nur das furchtbare Getöse fehlt.«

»Siehst du, genau das ist der Unterschied, dieser Schein kommt vom Abendrot, die Zeit des Friedens, der Gemeinsamkeit, der Ruhe. Denk nicht mehr an Aleppo, es ist vorbei. Wir leben im friedlichsten Teil der Erde, hier werden wir uns ein neues Leben aufbauen, glaube mir Adil, mein Herz.«

Hannes Dullin hatte den Dialog nachdenklich verfolgt, nun ging ein Ruck durch seinen Körper.

»Lasst uns das herrliche Dessert genießen, danach machen wir einen Spaziergang oder schwimmen ein paar Runden. Wie ihr es haben wollt.«

»Schwimmen, oh ja! Das macht viel mehr Spaß als ein langweiliger Spaziergang.«

Amira schnappte sich ein Stück der süßen Köstlichkeit, ihre Augen glänzten vor Übermut.

Eine laue Nacht hatte sich über das weite Tal gelegt, ungewöhnlich für Mitte Mai sah man doch auf den Gipfeln der Berge noch viel Schnee. Basima rekelte sich wohlig im weichen Stuhl am Balkon ihrer Suite. Die Kinder hatten sich samt Tablets in ihre Betten verzogen, ihr Mann stand unter der Dusche und sie genoss die Stille der Abendstunde.

»Schläfst du heute in freier Natur?«

Hannes stand im flauschigen Bademantel, auf dessen Brusttasche das Wappen des Hotels prangte, lachend vor ihr.

»Ich habe dich nicht gehört, fertig für die Nacht? Das Bad wäre also frei, ich gehe dann später, hier ist es einfach zu schön, um diesen Platz zu verlassen. Ich mag nicht daran denken, was diese Tage hier kosten, du gibst ein Vermögen aus für uns, Liebling.«

»Kein Problem. Solange mir mein Freund, der Bankdirektor Zugriff auf dein Konto gewährt, ist alles möglich.«

Basima sah ihn erschrocken an, dann bemerkte sie die kleinen schelmischen Lachfalten neben seinen Augen. Sie sprang auf, fasste beide Ohren und bewegte liebevoll seinen Kopf hin und her.

»Wir werden den schlimmen Jungen an den Ohren ziehen, was meinst du, Herr Hofrat?«

Sie alberten wie Schulkinder, küssten sich und waren glücklich wie selten zuvor.

»Du hast den Kindern eine große Freude gemacht. Anfangs waren die beiden Teenager skeptisch, eine Reise mit den Alten, noch dazu im Camper, so was von uncool aber auch. Doch jetzt sind sie glücklich, sie freuen sich auf den morgigen Tag, du hast beide auf deine Seite gezogen. Eigentlich macht mich das ein wenig eifersüchtig, andererseits war es stets mein Wunsch. Ich habe in vielen Nächten gegrübelt, wie sich die Kinder in der neuen Umgebung einfügen, einleben würden. Würden sie dich akzeptieren? Nach all dem, was sie erleben mussten, die Bomben, die Zerstörung unseres Hauses, die Entführung durch ihren Vater, die Befreiung, die Flucht. Ich kann nur hoffen, dass dieser Zustand annähernd so bleibt. Wir dürfen uns nicht zu sicher sein, es wird Rückschläge geben.

Die Psychologin hat ein gutes Gesamtbild im Seelenleben der Kinder gesehen, aber kann sie wirklich in die unergründlichen Tiefen schauen? Wir müssen alles tun, um Adil und Amira zu beschützen, ihnen ein gutes Leben bereiten.«

Hannes hatte den Rotwein geöffnet, den er aus der Bar mitgenommen hatte. Er füllte zwei Gläser, stellte die Flasche ab und reichte seiner Frau eines davon.

»Auf die Zukunft. Ich kann nicht mehr tun als dir zu versprechen, dass ich mich stets um meine neue Familie kümmern werde. Ich bin zuversichtlich, alles wird gut, Basima, glaube mir.«

Eine Träne kollerte über ihre Wange.

»Auf unsere Kinder, auf ihre und unsere Zukunft!«

Ihre Stimme vibrierte leicht, Hannes glaubte eine verborgene Hysterie wahrzunehmen. Liebevoll strich er über ihr Haar, drückte sie sanft in den Stuhl und nahm Platz. Er entzündete die Kerze im Windglas, legte eine weiche Decke über ihren Schoß und lehnte sich entspannt zurück.

»Du machst mir einen ängstlichen Eindruck, Basima. Willst du mir etwas anvertrauen? Was bedrückt dich, mein Herz?«

»Es ist nichts, keine Sorge. Alles in bester Ordnung.«

»Ich kenne dich zu gut, etwas macht dir Sorgen, hängt es mit dem Telefonat zusammen?«

Basima sah ihn überrascht an. Sie war der festen Überzeugung gewesen, dass Hannes ihr Gespräch nicht mitbekommen hatte. Sie hatte sich getäuscht. Er war beim Camper gewesen, hatte das Gepäck geordnet und war früher als erwartet in die Suite zurückgekehrt, so könnte er die letzten Sätze mitbekommen haben, die sie in ihr Handy geflüstert hatte.

»Ich habe mit Mutter gesprochen, du hast mich doch nicht belauscht?«

»Nein um Gottes willen. Nein! Du weißt, ich würde so etwas niemals tun. Ich habe bei meiner Rückkehr gehört, dass du telefonierst, das ist alles, es war für mich völlig unwichtig.«

»Du hast ja recht, ich hätte es dir gleich sagen sollen. Mutter lebt zwar in Liechtenstein, beste Kontakte in die Heimat hat sie aber immer noch. Sie hat mich gewarnt. Mein Ex-Mann gibt nicht auf, er will die Kinder. Angeblich hat er Leute mit der Suche nach ihnen beauftragt. Das ist für mich nicht neu, ich habe damit gerechnet, es aber immer verdrängt. Nach dem Anruf ist alles wieder hochgekommen, ich habe Angst, Hannes. Ich habe große Angst, Baschnar wird nicht ruhen, bevor er seinen Willen durchgesetzt hat. Seinen unzähmbaren Willen, Adil und Amira unter seine Obhut zu bekommen und mich zu töten. Das ist es, was er will, das hat er sich zur Lebensaufgabe gemacht.«

6

Mittwoch Abend, Basima und ihre Familie waren in Innsbruck eingetroffen, genossen in der romantischen Altstadt ein Abendessen.

Zeitgleich landete eine Chartermaschine aus Antalya auf dem Flughafen Graz-Thalerhof.

Scharen braungebrannter Urlaubern strebten dem Schalter der Grenzkontrolle zu. So auch zwei schweigsame Männer.

Eine Polizistin prüfte ihre Pässe und winkte sie weiter.

Knapp vor dem Ausgang, sie hatten den Durchgang für zollfreie Waren genützt, eine kräftige Stimme!

»Österreichischer Zoll, kommen Sie bitte mit.«

John Billiger und Wladimir Kuchanko reisten mit Handgepäck, weshalb sie dem Zöllner aufgefallen waren.

Die perfekt gefälschten US-Diplomatenpässe ließen dem Beamten die Lust auf eine Kontrolle allerdings schnell verlieren.

Die Männer nickten ihm freundlich zu und verließen die Ankunftshalle.

Kurz darauf bestiegen Sie den bereitgestellten Mietwagen und brausten in Richtung Innenstadt davon. In der Nähe des Hauptbahnhofes hielt Billiger den Wagen in einer dunklen Seitengasse an.

Beide verschwanden im unbeleuchteten Hausflur. Vor der Türe einer Parterrewohnung wurden sie erwartet. Es bedurfte keiner Worte im engen Gang der heruntergekommenen Bleibe. Eine dunkelblaue Sporttasche wechselte gegen ein Kuvert den Besitzer.

Mittlerweile war es Mitternacht geworden. Kuchanko hatte das Steuer übernommen. Über den Zubringer gelangten die beiden Männer auf die A 9 in Richtung Obersteiermark. Billiger schlief auf dem Rücksitz, als ihn das Klingeln seines Handys aufschrecken ließ.

»Saddam hier. Wo seid ihr? Meldung!«

Die schroffe Art des Arabers trieb Billiger sofort die Zornesröte ins Gesicht.

»Balany! Weißt du wie spät es ist oder hast du keine Uhr? Was willst du verdammt!«

»Es hat dir völlig egal zu sein, wann ich dich kontaktiere. Also, wo seid ihr?«

»Unterwegs in Richtung Bruck an der Mur.«

Eine Weile war es ruhig in der Leitung, Saddam suchte offenbar den Ort auf einer Karte.

»Autobahn A 9, richtig?«

»Ja.«

»Was ist euer Ziel?«

»Noch unbekannt. Bereich Ennstal, Obersteiermark, warten auf Anweisung.«

»Das ist gut, sehr gut. Ihr checkt am morgigen Vormittag in diesem Hotel ein.«

Er nannte Namen und Adresse der Unterkunft.

»Einer der Angestellten, sein Name ist Ahmed, wird mit euch Verbindung aufnehmen.

Ihr werdet ihn erkennen, er ist der einzige Araber dort, flüchtete 2015 und arbeitet seither für uns. Von ihm bekommt ihr die nächsten Anweisungen. Hat die Übergabe der Gerätschaft funktioniert?«

»Alles klar. Gute Nacht.«

Billiger hatte aufgelegt ohne weitere Anweisungen abzuwarten und freute sich diebisch über die Wut, die er damit dem Anrufer bereitet hatte.

Die *Gerätschaft*, Waffen und Munition, lagerte in der Sporttasche im Kofferraum.

Den Übergeber kannten beide nicht, was ihnen auch völlig egal war. Die Waffen waren nach ihren Wünschen, nur das zählte.

Im Morgengrauen erreichten sie ihr Ziel. Schon aus der Ferne erkannten sie den imposanten Bau des Hotels.

Billiger, der nun den Wagen lenkte, parkte in einem kleinen Waldstück. Noch waren sie zu früh dran, ein wenig Schlaf würde ihnen guttun.

»Ich haue mich wieder hinten rein, mach's dir vorne bequem. Weck mich dann, damit wir rechtzeitig einchecken können.«

Kuchanko hasste die herablassende Art des Amerikaners, er hasste es von ihm Befehle zu erhalten, er hasste alle Amerikaner. Hochnäsige, arrogante, verweichlichte Idioten, das waren sie für ihn. Schweigend verließ er den Wagen und zündete sich auf einem Baumstumpf sitzend eine Zigarette an.

Selbstredend eine *Papirossa* der Marke *Belomorkanal*. Kuchanko hasste auch amerikanische Zigaretten. Der Name dieser traditionellen Marke leitet sich aus dem polnischen Wort *Papieros*, das Papierchen ab. Bei der Herstellung wird ein längeres Pappmundstück geformt und nur der kürzere Teil des Röhrchens, ca. 1/4 bis 1/3 der Gesamtlänge ist mit starkem, kurzfaserigen Presstabak, sogenannten *Machorka,* gefüllt. Vor dem Rauchen knickt man das Pappröhrchen zweimal ein, sodass eine Luftkammer entsteht, die den Tabakrauch abkühlt.

Diese Zigaretten werden auch heute noch gerne in Russland und den angrenzenden ehemaligen Sowjetstaaten geraucht, waren sie doch auch Stalins Lieblingssorte.

Als er das tiefe, gleichmäßige Schnarchen des Amis vernahm, griff er zu seinem Handy.

Nach einem kurzen Gespräch wanderte ein weiteres Papierchen zwischen die zufrieden lächelnden Lippen. Er wusste jetzt, was zu tun war, langsam reifte ein Plan in ihm. Der verhasste Ami würde in seinem Leben bald keine Rolle mehr spielen.

Entspannt breitete er eine Decke auf dem feuchten Waldboden aus, um auch ein wenig zu schlafen.

Der schwere Wagen ächzte, als Kuchanko in die Bremsen stieg, ein kurzes Schlittern auf dem Kies des Parkplatzes, dann stand das Gefährt.

»Kannst du auch einmal normal anhalten, verdammter Idiot«, fluchte Billiger, der beinahe in die Frontscheibe geknallt wäre.

Am hinteren Rand des Platzes stand ein Junge dunkler Hautfarbe.

Das musste Ahmed sein. Langsam kam er auf den Wagen zu.

»Saddam Balany?«, flüsterte er schüchtern.

Beide nickten, reichten ihm ihre Taschen, mit Ausnahme der Sporttasche, und folgten ihm zum imposanten Hoteleingang. Dass Kuchanko die Sporttasche wie selbstverständlich auf sein Zimmer nahm, gefiel Billiger keineswegs, er war zu müde, um dagegen zu protestieren. Sie schliefen bis Mittag, nahmen danach einen Lunch auf der Terrasse und vergnügten sich nachmittags am Pool.

Kurz nach ihrer Ankunft hatte Ahmed den Schlüssel für eine Honda CRF1100L Africa Twin, ein Motorrad, das zu den besten Adventure-Bikes gehört, übergeben. Diesen hatte Billiger in Verwahrung. Er hatte sich vorbehalten, das Bike zu steuern, zumal er für sich in Anspruch nahm, der bessere Fahrer zu sein.

Während des abendlichen Diners blickten die beiden Söldner zufrieden zum anderen Ende der weitläufigen Terrasse, wo sie ihr Ziel im Auge hatten, dass sie nach einer langen, beschwerlichen Reise durch Wüsten auf staubigen Wegen, stets bedroht von einem Hinterhalt durch versprengte Fanatiker oder andere Kriegstreiber hier und jetzt endlich erreicht hatten.

7

Der Freitagmorgen kündigte einen von der Sorte *Traumtag* an.

Professor Hannes Dullin stand in Shorts auf der Terrasse ihrer Suite. Sein Blick ging nach Osten, wo eine orangerot leuchtende Sonne über den Kämmen der bewaldeten Berge aufstieg und die gegenüberliegende Talseite mit ihren Strahlen erhellte. Sofort wanderten seine Gedanken in die Kinderzeit. Er dachte an die vielen Sonnenaufgänge, die er dort drüben am Bergbauernhof seiner Eltern erlebt hatte.

Denk immer daran, du bist auf der Sonnenseite geboren, sie soll dich ein Leben lang begleiten.

Die Worte seines Vaters klangen ihm im Ohr, er sah ihn vor sich, ausgemergelt von harter Arbeit, langen Jahren des Krieges, entbehrungsreichen Zeiten in Gefangenschaft und unermüdlichen

Einsatzes am kargen Berghof. Seine Eltern hatten alles getan, um den Kindern eine gute Ausbildung zu ermöglichen.

Dafür war er unendlich dankbar. Er warf einen letzten Blick auf die Alm, die bereits in hellem Sonnenschein lag, dann wandte er sich ab, um in die Dusche zu gehen.

Der Kellner servierte bereits den zweiten Kaffee, da erschienen Basima und die Kinder. Sie waren am Pool gewesen und stürzten sich nun mit Heißhunger auf das geschmackvoll angerichtete Frühstücksbuffet.

»Wann brechen wir auf Liebling? Was muss ich alles mitnehmen auf die Bergtour? Brauchen die Kinder Bergschuhe? Wenn ja, müssen wir welche besorgen.«

»Nein, Basima. Wir fahren mit dem Wagen ganz hinauf, ich besorge einen Schlüssel für die Schranke, wir brauchen also nicht zu wandern. Oben setzen wir uns vor die Hütte, genießen die Aussicht, ich erzähle ein paar Anekdoten aus meiner Kindheit. Wenn wir Lust bekommen, spazieren wir ein Stück über die Almwiesen, dazu genügen unsere Laufschuhe kein Problem. Ach ja, du solltest dich fein machen, es kommen dort oben immer wieder knackige junge Hirten und Jäger vorbei.«

Sie musterte ihn amüsiert.

»Pass auf alter Mann, dass ich mir nicht wirklich einen dieser Burschen unter den Nagel reiße. Spaß beiseite, bitte keine dieser Neckereien, wenn Amira vom Buffet kommt, sie reagiert auf solche Sprüche sehr abweisend, sie ist es einfach nicht gewöhnt, über derlei Dinge offen zu reden oder gar Späße zu machen.«

»Natürlich ein solcher war es ja auch ein Spaß nämlich.«

Basima stieß ihm die geballte Faust neckisch in die Rippen.

»Wann kommen wir aus dem Wald zurück, Mom? Darf ich danach wieder zum Pool?«

»Klar doch Amira. Noch etwas, wir fahren nicht in den Wald, wir fahren auf eine Alm, das ist eine Viehweide, auf den Bergen, komm mit, ich zeige dir, wo das liegt.«

Sie schlenderte mit ihrer Tochter durch den Speisesaal zur nördlichen Fensterfront.

»Schau mein Herz, dort drüben, siehst du die Felsen? Ja? Okay, rechts davon führt der Weg durch ein Waldstück hinauf zur Alm. Sie liegt links vom Gebirgsstock, wenn du genau hinschaust, wirst du auch die Hütten sehen. Hast du es?«

Amira konzentrierte sich.

»Jetzt sehe ich es! Kleine Holzhäuser mit spitzen Dächern. Und dort sehen wir die Mutterkühe, von denen Hannes erzählt hat?«

»Ja, mein Schatz, so ist es, und es wird dir gefallen, von oben werden wir einen wunderbaren Blick auf die umliegenden Berge haben.«

»Ach Mom, ich bin so glücklich, dass wir wieder zusammen sind, jetzt trennen wir uns nie wieder. Versprochen?«

Sie blickte ihre Mutter flehend an, in ihren wunderschönen Augen glitzerte eine Träne.

»Nie mehr, Amira. Ich verspreche es dir bei allem, was mir lieb ist, wir bleiben für immer zusammen. Nichts auf dieser Welt kann uns je wieder trennen.«

Sie nahm ihre Tochter liebevoll in den Arm. Über ihre Schulter blickte sie in das lächelnde Gesicht eines schwarzen Mannes, der zusammen mit einem Weißen von kräftiger Statur sein Frühstück einnahm.

»Guten Morgen Madam, ihre Tochter hat eine beneidenswert hübsche Mutter, einen schönen Tag wünsche ich.«

Der Schwarze lächelte anzüglich.

Basima wandte sich schroff ab und eilte mit Amira zurück an den Tisch. Als sie sich gesetzt hatte, waren die beiden Männer verschwunden.

»Was hast du Basima? Hat dich etwas erschreckt?«

Ihr Mann blickte sie besorgt an, er wusste über so manche paranoide Phase seiner Frau Bescheid.

»Es ist nichts, ich habe Amira unser Ausflugsziel gezeigt, das ist alles. Lass uns frühstücken und dann aufbrechen. Der Morgen ist die schönste Zeit am Berg! Deine Worte, Liebling.«

Basima kramte in der riesigen Badetasche. Endlich war das Gesuchte gefunden. Ein abgenütztes Stofftier lag in ihrer Hand. Ein kleiner Panda-Bär, aus weichem Stoff gefertigt, mit etlichen Jahrzehnten behaftet.

»Amira, schau dir den an, das ist Bobo, ich habe ihn mit drei Jahren von deiner Oma geschenkt bekommen, mittlerweile ist der Bursche bald vierzig Jahre alt und so sieht er auch aus.

Ich schenke ihn jetzt dir, er soll dir Glück bringen und ich will, dass du auf ihn besonders aufpasst. Bobo ist etwas ganz Besonderes, ich werde dir eines Tages erklären, warum das so ist.«

Sie drückte dem Mädchen das Stofftier in den Arm, fasste mit beiden Händen den Kopf der Tochter, wobei ihr starrer Blick zwingend die Augen des Mädchens fixierte.

So erschien es zumindest Hannes, der die innige Szene interessiert beobachtet hatte.

8

Der Parkplatz des Hotels lag zu dieser frühen Stunde verlassen im Licht des beginnenden Tages.

Billiger und Kuchanko hatten an der Rezeption ihre Rechnungen beglichen. Sie waren auf dem Weg zum Geländewagen, der unter einem riesigen Kastanienbaum parkte.

»Ich nehme die Honda, du folgst mir mit dem Wagen. Habe die Karte studiert. Der Weg, den die Alte ihrer Tochter erklärt hat, führt steil bergauf durch einen Wald.

Auf Höhe 0800 scharfe Kehre nach Westen, dann flach, später leicht abfallend. Direkt nach der Kehre halten wir, dort legen wir den weiteren Plan fest.«

Kuchanko stieg wortlos in den Wagen, wartete, bis der Ami das Bike bestiegen hatte, mit durchdrehendem Hinterrad über den Parkplatz fegte und folgte über die schmale Zubringerstraße in Richtung Norden.

Während der Fahrt auf leeren Straßen durch kleine Bauerndörfer telefonierte Kuchanko mehrfach. Hätte John Billiger diese Gespräche mitbekommen, wäre er nicht derart sorglos über die Landstraße gekurvt.

An der vereinbarten Stelle hielten sie die Fahrzeuge an. Vor ihnen lag ein steiler Felsabbruch, dessen Ablagerungen in einem mit Wald durchzogenen Graben ausliefen. Die Forststraße war durch eine rostige Leitschiene begrenzt, um Abstürze zu verhindern. Kuchanko hatte den Wagen in eine schmale Bucht eingeparkt. Nach Norden hatten sie einen schönen Blick auf eine in der Sonne liegende Alm mit idyllischen, von Wind und Wetter gegerbten Holzhütten.

»Das muss diese Weide sein, von der die Alte im Speisesaal gesprochen hat, sieht wirklich schön aus, da muss man ihr zustimmen.«

Billiger beobachtete seinen Partner, der den Inhalt der Sporttasche am Rücksitz des Wagens begutachtete. Er konnte nicht wissen, dass in Kuchanko der Gedanke reifte, die Schnellfeuerwaffe an sich zu nehmen, um mit einem kurzen Feuerstoß den verhassten Amerikaner in die Hölle zu schicken.

»Beeil dich Kuchanko, wir wollen festlegen, wie wir vorgehen, die Zeit drängt.«

Kuchanko zog ruckartig den Reißverschluss der Tasche zu und schlenderte zurück.

»Du fährst mit dem Wagen voraus, suchst eine passende Stelle. Ich erwarte die feine Familie hier.

Ich lasse den Caravan passieren und gebe dir Bescheid. Sind sie erst bei dir angekommen, nehmen wir sie in die Zange.

Sie werden keinen Widerstand leisten, der Kerl sieht mir eher nach einem Weichei aus, die Kinder werden gar nicht mitkriegen, was passiert und die Alte wird dem Überraschungseffekt zum Opfer fallen.

Denk daran, es darf kein Schuss fallen, wir ziehen das in Ruhe durch. Wir sichern sie, verfrachten sie in den hinteren Teil des Wohnmobils und weiter geht es durch Wald und Wiesen bis zur Hauptstraße.

Ich fahre den Caravan, du das SUV. Das Bike entsorgen wir im Wald. Sind wir erst mal weit genug weg, setzen wir Saddam in Kenntnis, er wird wissen, wohin wir die Leute bringen sollen. Alles klar? Muss pinkeln, dann kann es losgehen.«

Billiger stieg über die Leitschiene, öffnete die Hose, richtete den Blick auf die Almwiesen gegenüber und seufzte ob der Erleichterung, die er seiner von Kaffee und Wasser überfüllten Blase gönnen durfte.

Das letzte, was er sah, war ein bunter Schmetterling, dann segelte er dem schönen Tier gleich fünfzig Meter in die Tiefe.

Der langgezogene Schrei entlockte Wladimir Kuchanko ein zufriedenes Lächeln.

Den verhassten Ami mit einem einfachen Tritt in den Arsch in die Hölle zu befördern, so einfach hatte er sich die Sache in seinen kühnsten Träumen nicht vorstellen können.

Sicherheitshalber warf er einen Blick nach unten, konnte jedoch nicht sehen, wo der zerschmetterte Körper lag. Allzu weit wollte er sich nicht nach vorne wagen, das lockere Erdreich erschien ihm tückisch.

Er schnappte sich sein Handy und wartete auf eine Antwort.

»Gut gemacht, Kamerad. Du wartest, bis das Zielobjekt passiert hat, zehn Minuten werden reichen, dann kannst du deine Arbeit erledigen, wie befohlen, und denk daran. Keine Zeugen!«

Er nickte und legte auf.

Das SUV lenkte er ein Stück weiter vorne in einen schmalen Seitenweg, wo er es versteckt hinter Büschen abstellte.

Die Waffen verstaute er in einem Rucksack, ehe er den Zeitzünder samt Minibombe an der Unterseite des Wagens direkt neben dem beinahe vollen Tank anbrachte.

»Wird ein schönes Feuerwerk geben«, murmelte er zufrieden, rannte zurück, schwang sich auf die Honda Africa Twin und fuhr ein Stück talwärts, wo er hinter Büschen auf den Campingbus wartete.

Zwei Jahre später - Mai 2022

9

Uwe Klein genoss die wärmende Sonne auf der Terrasse seines Apartments.

Wieder einmal ärgerte er sich über die schweren *Brummis* aus aller Herren Länder, die die Straße durch das schöne Tal als Ausweichstrecke benutzten. Bei der Anmietung seiner Wohnung hatte er den Umstand der Nähe zur Straße und damit zu Lärm, Gestank und Schmutz nicht beachtet.

Nun war es zu spät.

Wann immer er konnte, schnappte er sein Rad und entkam dieser Hölle, wie er es zu nennen pflegte. Seine Touren führten ihn dann vorwiegend in die Bergwelt rund um seine neue Heimat.

In Gedanken versunken hatte er den Wagen nicht gehört, der nun in seiner Zufahrt parkte.

Das Schrillen der Türklingel ließ ihn aufspringen.

Insgeheim lächelte er. Es war eine Angewohnheit aus seiner Zeit als Soldat bei spontanen Geräuschen sofort in Abwehrstellung zu gehen.

KSK, eine militärische Spezialeinheit der deutschen Bundeswehr mit Einsatzschwerpunkten Sondereinsätze, Aufklärung, Terrorismusbekämpfung, Rettung, Evakuierung und Bergung sowie Militärberatung, dieser hatte er einige Jahre angehört.

Er entspannte sich und öffnete, nachdem er durch den Türspion geblickt und die beiden Männer erkannt hatte.

»Die Polizei, dein Freund und Helfer. Schon so früh unterwegs, Herr Oberst? Wäre es nicht besser, sie würden Ihren uniformierten Mitarbeitern den Befehl geben, den gottverdammten Lastwagenverkehr in geregeltere Bahnen zu leiten, zum Kotzen dieser Krawall den ganzen Tag.«

Der mit Oberst angesprochene Mann mittleren Alters trug einen schäbigen Anzug von der Stange, der vor vielen Jahren bessere Zeiten gesehen hatte. Sein Begleiter, ein smarter junger Kerl in Bomberjacke und Jeans, versuchte provokant die Türe aufzuschieben, was ihm angesichts des Fußes, vom Hausherrn quergestellt, nicht gelang.

»Lernen sie auf der Polizeiakademie die einfachsten Höflichkeitsregeln nicht? Ich habe Sie nicht hereingebeten. Was liegt an Oberst Thurn?«

Der junge Beamte war widerwillig zurückgetreten. Man sah ihm an, dass er liebend gerne eine patzige Antwort gegeben hätte, sich aber zurückhielt.

»Ich will mich mit Ihnen unterhalten. Dürfen wir reinkommen?«

Im Gegensatz zu seinem jungen Begleiter ließ sich Oberst Fritz Thurn, leitender Ermittler im LKA Graz, nicht provozieren, zu lange war er in diesem Metier tätig.

»Bitte, Herr Oberst, ich nehme an, Sie sind beide frei von Viren und gesund in dieser Zeit der Pandemie. Treten Sie ein.«

Die Männer folgten Uwe Kleins Aufforderung.

»Schon sehr verwunderlich. Ausgerechnet Sie als militanter Impfgegner, Staatsverweigerer, Verschwörungstheoretiker und Corona-Leugner haben Angst vor einer Ansteckung? Brauchen Sie nicht, wir sind clean, setzen aber gerne eine Maske auf, falls Sie sich dann besser fühlen. Allerdings nur für den Zeitraum, bis wir Sie auf das Amt gebracht haben und dort die Befragung durchführen. Alles klar?«

Uwe Klein war ob der ruhigen Worte des Kriminalbeamten kreidebleich geworden, seine schweißnassen Hände zitterten vor Wut.

»Dazu werden sie einen Haftbefehl brauchen oder haben wir jetzt in Österreich auch Methoden willkürlicher Polizeigewalt wie in Deutschland?«

Oberst Thurn fixierte Klein mit kalten Augen.

Er wusste genau, mit wem er es hier zu tun hatte.

Uwe Klein war nach seinem unehrenhaften Rauswurf aus der Kampfeinheit *KSK* nach Österreich gegangen, pflegte beste Kontakte zur Neonaziszene und stand seit Monaten unter Beobachtung des Staatsschutzes. Seinen heutigen Besuch hatte sich der Oberst ausdrücklich von deren Direktion genehmigen lassen müssen. Tobias Kroll, den jungen Begleiter, hatte ihm die Direktion für Staatsschutz und Nachrichtendienst zur Seite gestellt. Der mochte zwar jung sein, was Thurn als Mordermittler der alten Garde ganz und gar nicht in den Kram passte, dumm war Kroll keinesfalls, im Gegenteil. Er war nach seiner polizeilichen und akademischen Ausbildung in Österreich drei Jahre in die USA geschickt worden, wo er in den verschiedensten Diensten sein Handwerk als Geheimdienstler perfektioniert hatte und seither im Bereich Staatsschutz verwendet wurde.

Uwe Klein zählte nach Ansicht der *DSN* zum engsten Kreis der rechten Szene in Österreich, war er doch aus diesem Grund aus der Spezialeinheit *KSK* in Deutschland rausgeflogen. Man hatte ihn im Verdacht, Spezialwaffen gestohlen und an seine Gesinnungsbrüder weitergegeben zu haben. Für eine Verurteilung hatten die Beweise nicht gereicht, für den unehrenhaften Rauswurf aus der Einheit allemal.

Das Verschwinden von fünf Sturmgewehren *G95* war Klein im Jahr 2018 zur Last gelegt worden. Das *G95*, von *Heckler & Koch* produziert, ist auch unter der Bezeichnung *HK416* bekannt.

Eine ungewöhnlich effiziente und gefährliche Waffe, die vorwiegend von Spezialeinheiten benützt wird. Nach dem aus Mangel an Beweisen stillgelegten Verfahren war Klein nach Österreich ausgewandert. Er lebte hier als aus der deutschen Bundeswehr unehrenhaft Entlassener, friedlich und zurückgezogen.

Frühpensionist, als solcher hatte er sich an den Biertischen des kleinen Ortes vorgestellt.

»Ich streite mich nicht mit Ihnen über Haftbefehle. Sie können meine Kompetenzen gerne ausloten, so Sie dies wollen. Also was ist? Hier oder auf dem Amt?«

Klein wies auf zwei Stühle am runden Tisch neben dem fleckigen Ledersofa, auf welchem er Platz nahm, die langen Beine provokant von sich streckend. Muskulöse Arme zierten Tattoo an Tattoo, in den Ohren hingen zwei Silberringe und die rasierte Glatze glänzte frisch poliert.

»Nun sagen sie schon, Oberst, was liegt an? Ich habe nicht den ganzen Tag Zeit, eine schöne Radtour wartet auf mich.«

»Radtour! Sie geben mir das Stichwort. Fünfzehnter Mai 2020. Ziemlich genau vor zwei Jahren. Sie erinnern sich?«

»Natürlich erinnere ich mich daran. Einer der schlimmsten Tage meines Lebens. Glauben Sie mir, ich habe schlimme Dinge mehr als genug gesehen. Ich wurde dreimal zur Sachlage vernommen, schließlich war ich damals der Erste vor Ort, also, was wollen Sie jetzt noch von mir nach mehr als zwei Jahren?«

»Die Ermittlungen machen es erforderlich, dass wir sie ….«

»Dass ihr was? Mich neuerlich vernehmen wollt, weil ihr in dieser Sache keinen Schritt weitergekommen seid? Ihr steckt seit Beginn in einer Sackgasse fest. Ermittlungsfehler häufen sich, die Presse sitzt euch im Nacken, ihr braucht Schuldige. Nicht mit mir. Hier liegt ihr wieder einmal völlig falsch, ich habe eine reine Weste und zur Sache nichts mehr zu sagen.«

Die Zornesader am Hals des Herrn Oberst signalisierte seine Abneigung gegen Unterbrechungen.

»Eines vorab Klein! Ich werde hier die Fragen stellen, Sie antworten auf jede dieser Fragen, dazu verpflichtet Sie ihr Status als Tatzeuge. Ist das klar?«

»Jawohl, Herr Oberst! Mit Verlaub, ich bin kein Tatzeuge, ich bin der Mann, der als erster am Tatort war, die Tat selbst kann ich nicht bezeugen. Wie auch? Ich war schließlich nicht dabei, also kein Tatzeuge. Ist heute nicht ihr Tag, was Thurn?«

Die Ader schwoll.

Das feine Schmunzeln seines jungen Begleiters war dem Oberst auch nicht entgangen.

»Also gut, Klein. Sie wollen provozieren, unsere Ermittlungen in den Dreck ziehen, die staatlichen Hoheitsrechte zweifeln Sie ohnehin an und nun fühlen Sie sich so richtig erhaben.

Sie haben es einem alten Kripobeamten gegeben, das macht Sie stolz. Gut gemacht.

Ich gönne Ihrem verkorksten Ego diesen kleinen Orgasmus. Jetzt kommen wir aber zum Ernst der Sachlage!«

Thurn holte eine dünne Heftmappe aus seiner Umhängetasche. Beinahe sanft legte er diese auf den Tisch und schlug sie auf.

»Neues Material von den deutschen Kollegen, Klein. Der Inhalt spricht nicht für Sie.«

»Ach ja? Dann legen Sie mal los, Oberst.«

»Es ist die Antwort auf ein Ersuchen. Nach mehr als zwei Jahren hat man sich herabgelassen, den österreichischen Ermittlungsbehörden

Informationen von enormer Wichtigkeit zur Aufklärung eines der grausamsten Mordfälle der letzten Jahrzehnte zukommen zu lassen.«

Oberst Thurns Augen suchten jene von Tobias Kroll. Der hielt sie gesenkt. Er wusste genau, was in der Akte stand. Er wusste auch, dass der deutsche Bundesnachrichtendienst sich konsequent geweigert hatte, diese Daten herauszugeben.

Die Staatsanwaltschaft Graz hatte um Überprüfung der am Tatort gefundenen Patronenhülsen und Geschosse ersucht. Eine im Normalfall einfache Aufgabe, die in aller Regel in kurzer Zeit erledigt war. Nicht so hier. Als man festgestellt hatte, dass die Schüsse aus einem Sturmgewehr *G95/Heckler&Koch*, der Einsatzwaffe des Kommandos *KSK* stammten, war Schluss mit Weitergabe von Informationen. Kroll war somit auch bekannt, dass die Schüsse aus einer der gestohlenen Waffen stammten, deren Diebstahl man 2018 Uwe Klein vorgeworfen hatte.

Die wenigen Blätter auf dem Tisch waren erst nach mehreren politischen Interventionen auf allerhöchster Ministerebene freigegeben worden und unterlagen strengster Geheimhaltung.

Zu brisant war die Angelegenheit für die Geheimdienste beider Seiten.

Oberst Thurn räusperte sich.

»Aus diesen Unterlagen geht eindeutig hervor, dass es sich bei der Tatwaffe um eines der Sturmgewehre *G95* handelte, welche im Jahre 2018 aus dem Bestand der *KSK* in Deutschland gestohlen worden waren. Die Morde wurden also mit einer Waffe begangen, die jahrelang ihr ständiger Begleiter war und zu deren Diebstahl gleicher Bauart Sie angeklagt waren.

Ausgerechnet Sie waren als Erster am Tatort!

Das gibt der Angelegenheit eine völlig neue Sichtweite. Alles klar, warum wir hier sind, Herr Klein?«

10

Fritz Thurn stand hinter dem breiten Schreibtisch, auf dessen Platte der für die Präsentation vorbereitete Laptop auf seine Eingaben wartete.

Vom abgetragenen Anzug trug er nur die zerknitterte Hose. Sakko, Weste und Krawatte lagen in seinem Büro. Die Hemdsärmel hatte er hochgekrempelt. Die Temperaturen waren für Mitte Mai viel zu heiß in der Landeshauptstadt. Grantig schob er den bereitgestellten Stuhl zur Seite, er arbeitete bei derartigen Anlässen lieber im Stehen.

Vor ihm hatten in mehreren Stuhlreihen fünfzehn Männer und vier Frauen Platz genommen. Kripoleute des LKA Graz, BKA Wien, Beamte des Staatsschutzes sowie Staatsanwalt Dr. Eva Lang-Länger.

Der tragbare PC war mit einem an der Decke montierten Beamer verbunden, welcher bald schreckliche Bilder auf die Leinwand neben Thurn werfen würde.

»Morgen zusammen, Verehrung Frau Staatsanwältin. Wir alle wissen, worum es geht, komme gleich zur Sache.«

Er drangsalierte den Laptop wie es Menschen tun, die ihr halbes Leben auf manuellen Schreibmaschinen gearbeitet hatten, die Finger bearbeiteten die schmale Tastatur, als müssten sie einen mechanischen Prozess in Gang setzen, der nur mit brachialer Kraft zum Erfolg führen konnte.

Die junge Garde in der ersten Reihe amüsierte sich wie immer köstlich. Auf der Leinwand erschien eine Collage unterschiedlicher Bilder mit der Überschrift: *Bergwald Ennstal 15. Mai 2020.*

»Nach zwei Jahren Ermittlungsarbeit in alle möglichen Richtungen stehen wir wieder am Anfang. Weshalb am Anfang? Weil bislang keine einzige Spur auch nur zu einem minimalen Erfolg geführt hat.«

Der Oberst räusperte sich, in seinem zerfurchten Gesicht lag Enttäuschung und Frust.

»Das Innenministerium hat die Bildung einer eigens für diesen Fall zuständigen Gruppe angeordnet, die jungen Kolleginnen und Kollegen würden *SOKO* dazu sagen. Ich wurde mit der Führung beauftragt. Einige von euch sind neu hinzugekommen, es wird das Beste sein, wir besprechen den Gegenstand der Ermittlungen von deren Beginn an.«

Eine Bürokraft hatte damit begonnen, Becher mit heißem Kaffee und kaltes Mineralwasser zu verteilen, was eine gewisse Unruhe im Besprechungssaal auslöste.

Fritz Thurn blickte ungehalten in die Runde, beugte sich aber der Mehrheit und nahm ebenfalls einen Becher, den er nahe am Laptop platzierte, weshalb sich eine junge Beamtin der ersten Reihe zu einer gefährlichen Bemerkung hinreißen ließ.

»Achtung, Herr Oberst, der Kaffee ist für Sie und nicht für den PC bestimmt, der mag es gar nicht, wenn er über die Tastatur mit Flüssigkeit beglückt wird.«

Sein strenger, geradezu strafender Blick ob der vorlauten Ansage ließ die junge Dame einen hochroten Kopf bekommen. Beschämt sank sie in ihrem Stuhl zusammen und beschäftigte sich mit einer Mineralwasserflasche. Fritz Thurn räusperte sich erneut.

»Ab sofort erwarte ich ausnahmslos Wortmeldungen zur Sache, sonst gar nichts.«

Der kleinen Szene folgte gespenstische Stille im Raum.

Die langjährigen Mitarbeiter des Obersts konnten sich ein schadenfrohes Lächeln erlauben, sie kannten ihren Chef als einen friedvollen kompetenten Mann, der genau wusste, wie eine Horde Kripoleute effizient zu führen war. Sie kannten aber auch den Druck, der auf seinen Schultern lastete. Neben seinen Vorgesetzten saß ihm vor allem die Presse im Nacken. Dieser Umstand machte ihm schwer zu schaffen und war der Grund seiner schlechten Laune.

»Also gut, beginnen wir. Am Morgen des fünfzehnten Mai 2020 machte sich Professor Hannes Dullin zusammen mit seiner Frau Basima und deren Kindern Adil und Amira in einem Wohnmobil auf den Weg zur Alm oberhalb des Bergwaldes.«

Mit einem dünnen Stab wies Thurn auf die Bilder an der breiten Leinwand.

»Gegen 09:30 Uhr erreichte das Fahrzeug den späteren Tatort. Dort wurde es durch den Beschuss aus einem deutschen Sturmgewehr *G95*, wir kennen die Waffe auch als *HK 416* zum Anhalten gezwungen. Die vorher genannten vier Insassen fanden im Kugelhagel den Tod.

Ein Radfahrer auf diesen werde ich später genauer eingehen, war erste Person am Ort des Geschehens. Als die örtliche Polizeistreife eintraf, kam es in unmittelbarer Nähe des Tatortes zu einer gewaltigen Explosion im Wald, die ein Feuer auslöste. Wir wissen, dass ein SUV mit Zeitzünder in Brand gesetzt worden war und gehen davon aus, dass es sich dabei um ein Fahrzeug handelte, welches von den Tätern verwendet worden war.

Eine Vermutung. Spuren konnten im Brandwrack keine gesichert werden.

In unmittelbarer Nähe fand man das umgestürzte Traktorengespann des Landwirtes Simon Unterperflinger. Der Mann war durch einen Kopfschuss getötet worden. Der oder die Täter hatten sich damit offenbar einen Zeugen vom Hals geschafft. Einen Tag später fand ein Pilze suchender Einheimischer unterhalb der Stelle, wo die Forststraße die letzte Kehre in Richtung Westen macht einen schwerst verletzten Mann.

Die Spurensichtung ergab, dass er von der Straße in die Tiefe gestoßen worden war. Zu seinem Glück war er in der Krone einer breiten Fichte gelandet, die den Fall dämmte, ansonsten hätte der Absturz seinen sicheren Tod bedeutet.

Bei diesem Mann wurde ein Diplomatenpass, der ihn als hohen UNO-Beamten auswies, gefunden. Das Dokument ist gefälscht. Wir wissen bis heute nicht, wer der Mann ist. War er am Überfall beteiligt? Wurde er von seinen Komplizen beseitigt? Wenn ja, wann und warum? Vor oder nach der grauenvollen Tat? Alles Fragen, die es zu klären gilt.

Der Mann, ein Schwarzer, vermutlich US-Staatsbürger, liegt seit zwei Jahren im Koma. Wir konnten ihn im städtischen Pflegeheim noch nicht vernehmen. Die Ärzte sagen uns, dass ein Aufwachen in sehr eingeschränkter Form vorkommt, die meisten dieser Menschen erlangen das Bewusstsein nie wieder und versterben irgendwann.

Der oder die Täter entkamen vermutlich mit einem Motorrad der Marke *Honda CRF1100L Africa Twin.* Gesichert ist das nicht. Wir gehen davon aus, zumal eine Maschine dieses Typs einen Tag vor Tatzeit angemietet worden war und bislang verschwunden ist. Angemietet von einem jungen Mann arabischen Aussehens. Syrien, Irak oder Iran haben unsere Spezialisten gemeint, könnte Asylwerber sein. Auch das hat uns bislang nicht weitergebracht. Der Mann wäre ein wichtiger Zeuge, eher Komplize.

Wie sich herausstellte, waren Kreditkarte und Ausweis gefälscht.

Fragt mich nicht, warum der Vermieter derart leichtfertig agierte. Er wird denselben Fehler nicht wieder machen. Motorrad weg, Versicherung zahlt nicht vierzehntausend Euro in den Wind gesetzt.

Gesehen wurde die Maschine nach der Flucht nicht, es gab bislang keine Zeugen. Ein Umstand, der schwer zu verstehen ist. Zehn Kilometer bis zur B 145, vorbei an kleinen Weilern und Gehöften, durch eine Ortschaft, und kein Mensch in der Gegend hat ein Motorrad gesehen oder gehört?

Noch dazu eine Maschine, die eher selten und auffällig ist. Reifenspuren wurden auf der Teilstrecke bis zum Tatort gesichert, von dort weiter in Richtung Westen fand man keine Spur. Das Bike wurde nach Ansicht unserer Experten mit sehr hoher Geschwindigkeit bewegt, was eine Sichtung des Profils auf der groben Schotterstraße kaum und auf dem späteren Asphalt völlig unmöglich macht. Was ist, wenn das Motorrad gar nicht in diese Richtung unterwegs war? Wenn es irgendwo im Wald abgestellt wurde und zu einem späteren Zeitpunkt entfernt wurde? Für mich steht bis dato keinesfalls fest, dass es diese Maschine überhaupt gibt, der Radfahrer behauptet stur und steif das Motorengeräusch gehört zu haben. Wir werden sehen, was daraus noch wird, dazu aber später.

Fest steht, der im Koma liegende Schwarze und ein zweiter Mann weißer Hautfarbe, ebenfalls ausgestattet mit UN-Diplomatenpass, nächtigten im Luxus-Resort wo auch Dullin mit Familie abgestiegen war und bis zum Sonntag bleiben wollte.

Die Beschreibung des zweiten Mannes könnte auf slawische Abstammung hindeuten. Ex-Soldat. Strammes Auftreten, überdurchschnittlich trainiert, kaltblütige Erscheinung. So hat ihn der Chef der Rezeption beschrieben, durchaus jemand mit jahrelanger Menschenkenntnis.

Das sind alles keine Fakten, alles Dunst und Nebelgranaten. Ich komme zum Fahrradfahrer.«

Der dünne Stab ruhte auf dem Gesicht eines Mannes, dessen Kopf kahl geschoren war. Am Hals prangte ein Tattoo, an beiden Ohren hingen kleine Silberringe.

»Uwe Klein, wohnt im Ort am Fuße des Bergwaldes. Deutscher. Hat die österreichische Staatsbürgerschaft beantragt. Ehemaliger Elitesoldat. In Deutschland angeklagt wegen Diebstahls mehrerer Sturmgewehre der Serie *HK 416* aus dem Arsenal seiner Einheit. Wurde mangels an Beweisen freigesprochen. Unsere Tatwaffe stammt aus dem damaligen Diebstahl, das steht nunmehr fest. Munitionsanalyse war positiv. Klein flog aus der Einheit, wanderte nach Österreich aus. Er ist strammer Rechter, war Neonazi der ersten Stunde im deutschen Osten, nunmehr beste Kontakte zur rechtsradikalen Szene in Österreich. Ist selbst ernannter Präsident der von ihm gegründeten *Mark Wolkenstein*. Eine üble Bande von Staatsverweigerern, deren Mitglieder sich immer wieder unter die Corona-Demos mischen und versuchen radikale Elemente einzubringen.

Der Staatsschutz hat diese Gruppen im Auge, wer mehr darüber wissen will, der wende sich bitte an die Herren, die uns zugeteilt wurden.«

Der Oberst räusperte sich.

»Zur Unterstützung, wie es im Befehl heißt.«

Ein kleiner Seitenhieb an die Geheimdienstler, wie Thurn sie zu nennen pflegte, mehr wäre kontraproduktiv gewesen, das wusste er genau. Er musste zusammenarbeiten, ob es ihm passte oder nicht. Befehl war nun einmal Befehl.

Er gönnte der versammelten Mannschaft eine kurze Pause, was zu angeregten Gesprächen unter den Ermittlern führte.

Fritz Thurn ging auf den Vorplatz, er brauchte eine seiner geliebten Virginia-Zigarren, die er stets in der Mitte zerbrach und jeweils die Hälfte rauchte, eine besondere Marotte, für die er im gesamten Polizeidienst bekannt war. Neben ihm hatte sich Charly Klum, einer seiner treuesten Mitarbeiter, einen selbstgedrehten Zigarettenstummel in den Mundwinkel geklemmt.

»Wie hast du das mit dem Motorrad gemeint? Nicht sicher, dass es die Maschine überhaupt gibt? Das ist neu, wie kommst du darauf?«

Thurn blies den scharfen Rauch der Zigarre in den Wind.

»Ich war bei Uwe Klein, der hat im Grunde die Hosen gestrichen voll, das wittere ich.

Was, wenn er das mit dem Motorrad erfunden hat? Wenn er den Schwarzen entsorgt hat und selbst mit dem *HK 416* unterwegs war. Schließlich stammt das Ding aus der Sammlung, zu deren Diebstahl er vor Gericht stand. Seine Gesinnungsbrüder wettern tagtäglich gegen den von diesen Gruppen verhassten Islam. Drei unserer Opfer könnten islamischen Glaubens gewesen sein, vergiss das nicht.«

»Das wäre dann erstmals ein Motiv, Fritz. Schwach fundiert, aber immerhin«, murmelte der alte Fuchs Charly nachdenklich und entsorgte seine bis zu den dunkelbraunen Fingerspitzen gerauchte Zigarette auf den Parkplatz nebenan.

»Das will ich nicht gesehen haben, Umweltverschmutzer!

Komm jetzt, wir gehen wieder rein«, sagte der Oberst, erstmals an diesem Tag ein feines Lächeln um die Lippen.

11

Im *Café Al Nawforaa* herrschte Hochbetrieb.

Baschnar El Din und Saddam Balany saßen an einem der kleinen Tische am Vorplatz. Beide nuckelten an einer kunstvollen *Shisha*, der traditionellen arabischen Wasserpfeife.

Seit mehr als einer Stunde war kein Wort gefallen, jeder hing seinen Gedanken nach. Der Ex-Oberst legte das Mundstück der Pfeife zur Seite, winkte dem Keller und bestellte Tee.

»Zwei Jahre sind vergangen Saddam, zwei Jahre, in denen nichts passiert ist. Wir wissen bis heute nicht, wer meine Familie getötet hat. Ich weine nicht um Basima. Ihr Tod berührt mich nicht, sie hat ihn verdient, sie hat die Ehe gebrochen, hat die Kinder allein gelassen.

Täglich weine ich um meinen Sohn, um meine Tochter. Kannst du das verstehen?«

»Sehr gut Baschnar, sehr gut verstehe ich deine Trauer, du weißt, ich habe zwei meiner Kinder im Krieg verloren.«

»Was hast du aus den letzten Berichten deiner Vertrauensleute herausgelesen? Sind die das Geld wert, das wir ihnen geben?«

»Es sind gute Leute, sie versuchen ernsthaft das Rätsel zu lüften. Leider ist dies nicht immer leicht. Fest steht mittlerweile, dass dieser Amerikaner John Billiger, ein Agent des amerikanischen Auslandsgeheimdienstes CIA war. Er war seit Jahren unter dem Deckmantel des käuflichen Söldners im arabischen Raum unterwegs, spionierte alles Mögliche aus und war letztlich auf diesen Kuchanko angesetzt, der einer organisierten Verbrecherbande angehört, die einem ehemaligen Oligarchen unterstehen dürfte. Er hat sich, aus welchen Gründen auch immer, an dich herangemacht. Hast du eine Idee, warum ausgerechnet dieser Mann für dich arbeiten wollte? Was kann dahinterstecken?«

Baschnar El Din betrachtete nachdenklich sein Gegenüber. Er kannte Saddam Balany seit ihrer gemeinsamen Schulzeit, sie waren beste Freunde, aber durfte er ihm sein letztes großes Geheimnis anvertrauen? Noch nicht, entschied er, noch ist es nicht so weit. Dass die von ihm gut geplante Aktion zur Rückführung seiner Frau und der Kinder derart fehlgeschlagen war, dass er dadurch seinen geliebten Sohn und die Tochter verloren hatte, lastete schwer auf seiner Seele. Insgeheim fühlte er sich für den Tod der Kinder verantwortlich. Er hatte Fehler gemacht, hatte den falschen Leuten vertraut und konnte sich deshalb nicht durchringen Saddam einzuweihen, dass es ihm zwar auch um die Kinder ging, in erster Linie aber um brisante Dinge, die ihm Basima gestohlen hatte.

»Wenn ich wüsste, was dahintersteckt, würde ich es dir sagen, Saddam, mein Bruder. Kann es ein Zufall gewesen sein? Ich meine, die beiden Männer wollten eine Stange Geld verdienen und haben zugegriffen. Ein kleiner Nebenverdienst?«

»Das kann ich nicht glauben. Warum hätte Kuchanko dann den Amerikaner umbringen sollen, was ihm leider nicht gelungen ist. Ich denke, jeder der beiden hatte einen ganz bestimmten Auftrag. Der Amerikaner von seiner Dienststelle, der Mafioso seitens des Verbrechersyndikates.

Was könnte dies sein? Es muss entweder um sehr viel Geld gehen oder um brisantes, politisch verwertbares und käufliches Material. Was sonst wären ihre Gründe gewesen, völlig konträr zu deinem Auftrag vorzugehen? Es muss etwas geben, was wir nicht wissen.«

Du bist ein schlauer Fuchs, Saddam, dachte der Oberst, während ein feines Schmunzeln um seine Lippen huschte.

»Das sind alles deine Theorien, deine Vermutungen, nichts Greifbares, lieber Saddam. Versuche herauszufinden, wo meine Kinder der Erde übergeben wurden. Ich möchte sie dort besuchen. Bis heute haben die Behörden in Österreich nicht ein Wort über den Verbleib meiner Kinder verloren. Ich habe über einen Anwalt an das Außenministerium einen Antrag gestellt, Einsicht in die Ermittlungsakten zu nehmen. Das war vor einem Jahr, seither werden wir vertröstet. Lass deine Verbindungen zu den Geheimdiensten spielen, du musst etwas darüber herausfinden. Ich werde erst wieder ruhen können, wenn die Mörder meiner Kinder gefunden sind und ich diese persönlich der gerechten Strafe zuführen kann.«

Die letzten Worte kamen heftig und brutal. Baschnar El Din fuhr dabei mit der rechten Hand die Kehle entlang, ein unmissverständliches Zeichen, was er unter gerechter Strafe empfand.

12

Aus der Besprechung war eine kleine Runde im Büro der Staatsanwältin übrig geblieben.

Fritz Thurn, Tobias Kroll sowie Dr. Eva Lang-Länger saßen in der gemütlichen Sofaecke. Vor ihnen Kaffee, kleine Bäckereien und Obst auf dem kleinen runden Glastisch. Fritz Thurn hätte lieber einen Aschenbecher und die Einwilligung zum Rauchen gesehen, als diesen ungesunden Firlefanz, wie er zu sagen pflegte.

»Herr Kroll, sie haben das Wort, was gibt es an Neuigkeiten seitens des Staatsschutzes.«

»Interessant ist, dass sich Frau Basima Dullin der Bigamie schuldig gemacht hatte. Sie war seit über zwanzig Jahren mit Baschnar El Din, einflussreicher, mittlerweile ehemaliger Oberst in der heimatlichen Armee, verheiratet. Diese Ehe wurde nie geschieden. Unter Vorlage gefälschter Unterlagen heiratete sie Prof. Dr. Hannes Dullin in

Wien. Uns ist bekannt, dass Baschnar El Din zwar getrennt von seiner Frau lebte, jedoch niemals in eine Scheidung einwilligen würde. Aus einem Bericht der Amerikaner geht hervor, dass er vor zwei Jahren versucht haben soll, seine Frau und die Kinder durch angeheuerte Söldner nach Hause zurückzuführen.

Einer dieser beiden Männer war der US-Amerikaner John Billiger, Mitarbeiter des US-Auslandsgeheimdienstes CIA. Er ist unser schwarzer Mann im Koma. Sein letzter Auftrag war die Beschattung des Wladimir Kuchanko, Mitglied eines der größten Verbrechersyndikate mit Sitz irgendwo in einer der ehemaligen Sowjetrepubliken. Diese feinen Herren befassen sich von Waffenhandel über Drogen und Prostitution mit all den Dingen, die viel einbringen, aber illegal sind. Sie verfügen so nebenbei über beste Kontakte in höchste politische Kreise, weshalb die CIA sie zum Ziel auserkoren hat. Was genau hinter dem Auftrag von Billiger steckt, haben uns die Kollegen aus USA nicht verraten, es dürfte sich also um Angelegenheiten von hoher Brisanz handeln. Interessant wäre, warum sich Billiger und Kuchanko von El Din anwerben ließen, das muss einen besonderen Grund haben. Aus dem Bericht der Amerikaner geht hervor, dass die beiden Männer den Auftrag gehabt hätten, Basima und die Kinder unversehrt zurückzubringen, um danach hohe Prämien zu kassieren. Von Mord und Totschlag war nie die Rede. Wer hat also den mörderischen Anschlag durchgeführt? Und dann ist da noch etwas. Die Amerikaner beantragen die sofortige Auslieferung von John Billiger, eine US-Militärmaschine wird ihn demnächst über den Großen Teich bringen.«

»Den können die gerne haben, im Koma bringt er uns sowieso nichts.«

Die Staatsanwältin strafte Fritz Thurn mit einem strengen Blick.

»Ob Koma oder nicht, der Rechtsweg wird bei uns eingehalten, Herr Oberst. Der Mann wird erst übergeben, wenn der zuständige Richtersenat dies zulässt.«

»Ja, ja, meinetwegen. Mir wäre lieber, wenn wir erfahren könnten, wo sich dieser Kuchanko aufhält. Was sagt der Geheimdienst? Ihr wisst doch sonst alles.«

Tobias Kroll schmunzelte.

»Bei dieser Gelegenheit möchte ich anmerken, dass diese Informationen strengster Geheimhaltung unterliegen. Zu deiner Frage, Fritz. Wir wissen nicht, wo sich Kuchanko aufhält.«

»Die Kripo hat ihre Hausaufgaben gemacht, indem wir vergleichbare ungeklärte Fälle aus den letzten Jahren überprüft haben.«

Mit säuerlich süffisantem Lächeln nahm Fritz Thurn eine Heftmappe zur Hand, entnahm ein Blatt Papier und zitierte.

»10. Juni 2016. In der Nähe der Stadt Salzburg wird eine dreiköpfige deutsche Familie auf dem Parkplatz eines Forstweges ermordet aufgefunden. Tatwaffe ein *Steyr-Sturmgewehr*, welches nach der Tat gefunden wurde. Die gestohlene Waffe stammte aus einer Kaserne des Bundesheeres.

3. Juli 2017. In der Nähe des Chiemsees in Bayern wird ein junges Pärchen tot im Wohnmobil aufgefunden. Erschossen. Tatwaffe ein unbekanntes Sturmgewehr.

30. Mai 2018. Auf einer Niederalm im Gebiet des Tiroler Achensees findet ein Wanderer zwei Frauen aus Deutschland neben ihrem Wohnmobil. Erschossen mit einer automatischen Waffe, die in der Nähe gefunden wird.

21. Juni 2019. Im Kärntner Gailtal werden in einem Waldstück die bereits verwesten Leichen eines Wiener Ehepaares gefunden. Erschossen in einem Kastenwagen, der als einfacher Camper benützt wurde. Tatwaffe war ein Sturmgewehr aus ehemaligen jugoslawischen Armeebeständen unbekannter Bauart. Die Waffe wurde ebenfalls in der Umgebung des Tatortes gefunden.«

Oberst Thurn legte den Ordner zur Seite, nippte an seiner Kaffeetasse.

»Alle diese Fälle sind bislang ungeklärt. Sie weisen frappierende Ähnlichkeiten auf mehreren Ebenen auf. Die Opfer standen immer in Verbindung zu einem Campingfahrzeug, alle waren Urlaubsreisende aus Deutschland und Österreich, in allen Fällen wurden die Fahrzeuge an Orten abgestellt, wo Campen untersagt ist, zumindest in drei Fällen war die Tatwaffe militärischer Herkunft und letztlich wurden alle Morde im Frühsommer begangen, wie unser Fall im Bergwald am 15. Mai 2020.«

Die Staatsanwältin und der Agent des Staatsschutzes hatten gespannt zugehört. Beiden war sofort klar, dass diese Erkenntnisse den aktuellen Fall in ein völlig neues Licht rückten.

»Warum brauchte man zwei Jahre, um diese für den Fall enorm wichtigen Fakten zu ermitteln? Eine unfassbare Schlamperei. Gut möglich, dass unsere bisher gewonnenen Erkenntnisse verworfen werden müssen. Zwei Jahre Arbeit umsonst, weil die Kripo geschlampt hat, ein Wahnsinn!«

Tobias Kroll nützte die Gelegenheit, um sich bei Thurn für dessen Seitenhiebe zu revanchieren.

»Ich lasse nicht zu, dass sich in meiner Anwesenheit Angehörige zweier wichtiger staatlicher Institutionen kindische Eifersuchtsszenen liefern. Nur damit das klar ist Herr Kroll, dies gilt auch für Sie Herr Oberst.«

Doktor Eva Lang-Länger untermauerte ihre Worte mit einem Schlag auf die Tischplatte.

»Neue Fakten erfordern eine neue Herangehensweise. Was schlagen Sie vor, Oberst? Was sind Ihre Überlegungen?«

»Als wir dieses Material in Händen hatten, haben wir sofort einen Profiler mit einer Täteranalyse beauftragt. Aus einem ersten Statement geht hervor, dass es sich mit hoher Wahrscheinlichkeit um ein und denselben Täter handeln könnte. Man achte aber auf das *könnte.* Dies kann in einem, zwei oder drei Fällen zutreffen, muss nicht zu allen bislang bekannten fünf Fällen passen.

Zum Täterprofil.

Jedenfalls eine psychisch gestörte Persönlichkeit. Unbegründeter Hass auf Urlauber wäre ein Tatmotiv, Hass auf sogenannte *wilde* Camper wäre möglich, aber auch ganz banale Mordlust kann in solchen Fällen nie ganz ausgeschlossen werden. Auffallend ist die stets gleiche Tatzeit im Frühsommer. Demzufolge wäre unser Fall aus 2020 der Letzte gewesen, zumal aus 2021 und 2022 kein gleich gelagerter Fall mehr bekannt ist. Was aber nicht heißen muss, dass nicht in irgendeinem Waldstück Ähnliches noch nicht entdeckt wurde, was wir nicht hoffen wollen.«

Ein Königreich für eine Virginia dachte Fritz Thurn und wischte sich einige Schweißperlen von der Stirn. Tobias Kroll war aufgestanden.

»Es macht unsere bisherigen Vermutungen und Motivansätze zweitrangig. Billiger und Kuchanko waren zweifelsfrei nicht zwecks Ermordung, sondern wegen Entführung ausgesandt worden. Warum sollte Kuchanko den Mord begehen? Dass er Billiger möglicherweise in den Tod gestürzt hat, kann daran liegen, dass er hinter dessen Auftrag der CIA gekommen ist. Freund Uwe Klein tritt damit wohl auch in die zweite Reihe oder glaubst du, dass er der Psychopath sein könnte, Fritz?«

»Ich glaube gar nichts mehr, schon lange nicht mehr, denn meistens kommt es ohnehin wieder völlig anders. Aber du hast recht, die Lage hat sich verändert. Haben wir es hier nun mit einem Serientäter zu tun? Warum hat er dann zwei Jahre nicht mehr gehandelt?

Uwe Klein könnte etwas mit der Sache zu tun haben. Wir müssen ihn weiterhin im Auge behalten und auch diesen Weg überprüfen.«

Die Staatsanwältin schenkte Kaffee nach.

»Ich ordne an, dass umgehend die leitenden Ermittler der einzelnen Fälle in Tirol, Salzburg, Kärnten und Sie Oberst Thurn im Rahmen einer Zusammenkunft die Fakten analysieren.

Ich vermute, dass sich das BKA in die weiteren Schritte einbinden wird. Aus meiner Sichtweite ist die Mitarbeit des Staatsschutzes im Moment nicht mehr relevant.

Es bleibt Ihrer Führungsspitze überlassen, Herr Kroll, wie die Sache weitergeführt wird.

Ich werde auf jeden Fall mit den bayrischen Behörden Kontakt aufnehmen und eine gemeinsame Ermittlungsgruppe anregen.

Sie kriegen Bescheid von mir, Oberst Thurn. Umgekehrt erwarte ich zeitnahe Berichte zum Stand der Dinge. Das wäre alles. Danke, meine Herren.«

Kurz darauf stieg Rauch aus einer zerfransten halben Virginia vor dem Gebäude der Staatsanwaltschaft auf und entschwand in den blauen Himmel.

Fritz Thurn schnaufte zufrieden.

13

Eine hochrangige Runde hatte sich im Ministerium des Inneren zusammengefunden.

Drei Männer in dunklen Anzügen warteten stehend, innerlich gereizt, äußerlich höflich, bis die elegant gekleidete Dame im grauen Kostüm Platz genommen hatte.

Der riesige ovale Konferenztisch hätte Platz für dreißig Personen geboten. Heute wurde er lediglich von dieser kleinen Runde genützt.

Dies hatte den Grund, dass der Raum garantiert abhörsicher war, was den Anwesenden wichtig schien, zumal sie etwas zu besprechen hatten, was nicht nach außen dringen durfte.

»Ich wurde darüber informiert, dass die Ermittlungen im Mordfall *Bergwald-Ennstal* in eine andere Richtung gehen. Wie es scheint, ist politischer Hintergrund nicht mehr anzunehmen. Sollten sich diese Anzeichen bewahrheiten, bringt uns dies in eine schwierige Lage. Nicht nur, dass die Amerikaner die Überstellung des CIA-Agenten, wir wissen jetzt, dass es sich um John Billiger handelt, vorantreiben wollen, aus dem Außenministerium erfahre ich, dass eine weitere Protestnote eingegangen ist, worin gefordert wird, die Leichen der Frau und ihrer beiden Kinder endlich freizugeben, um diese in ihr Heimatland überstellen zu können.

Sie wissen so gut wie ich, dass dies nicht möglich ist. Sie werden sich erinnern, dass ich schon damals gegen die getroffene Maßnahme war.

Auf Anraten des Staatsschutzes, der wichtige staatliche Interessen in Bezug auf Staatssicherheit und Terrorgefahr ins Treffen geführt hatte, habe ich seinerzeit zugestimmt. Wenn sich jetzt herausstellen sollte, dass diese damaligen Erkenntnisse falsch waren, stehen wir vor einem Problem.

Sollte dieser Baschnar El Din in Erfahrung bringen, dass weder seine Frau noch seine Kinder tot sind, dann ist zumindest seine Frau in akuter Lebensgefahr und nicht mehr sicher.

Die Ehe mit dem ermordeten Prof. Hannes Dullin wurde mittlerweile annulliert, das Asylverfahren von Frau Doktor El Din, die sie jetzt wieder ist, muss einer neuerlichen Prüfung unterzogen werden, ebenso die Familienzusammenführung.

Was, wenn diese Verfahren zurückgenommen werden, die armen Kinder wieder zurück in das Kriegsgebiet müssen? Bitte um Vorschläge, meine Herrschaften.«

»Viel gefährlicher als Ihre Überlegungen wären die verdammten Medien. Sollten diese erst einmal Wind von der Sache bekommen, dann können wir alle unseren Hut nehmen, egal ob die Kinder wieder in ihrer Heimat sind oder nicht, was mir am Arsch vorbeigeht. Da ist mir allemal mein Hemd näher!«

»Sie sind ein kaltherziges, ekelhaftes Arschloch, Herr Abgeordneter. Es bleibt uns keine andere Wahl. Wir müssen der Familie eine völlig neue Identität geben, sie an einen absolut sicheren Ort bringen und beschützen. Oder wie wollen Sie der Öffentlichkeit erklären, dass man 2020 eine Frau und ihre beiden Kinder für tot erklärt und mangels Angehöriger auf Staatskosten eingeäschert hat, in Wahrheit aber an einem geheimen Ort untergebracht hat?

Nicht einmal die Kripo in Graz weiß darüber Bescheid, dass in Wahrheit nur zwei Morde, der an Dullin und der am Landwirt begangen wurden.

Dass der Staatsschutz damals gepatzt hat von Terrorgefahr und was sonst noch alles gewarnt hat, ist nicht mehr zu ändern, die Verantwortlichen werden wir zur Rechenschaft ziehen.

So sehe ich die Sache. Da für die Angelegenheit politisch mein Ressort zuständig ist, werde ich die nötigen Schritte setzen, verlassen Sie sich darauf, meine Herren.«

Stolz erhobenen Hauptes nebst sicheren Schrittes eilte die elegant gekleidete Staatssekretärin des Inneren davon und ließ drei orientierungslose Abgeordnete zurück.

14

Melodisches Mittagsgeläute erfüllte den Platz vor dem prächtigen Wiener Stephansdom.

Im Schanigarten einer Gastwirtschaft genossen zwei völlig unterschiedliche Männer ein Wiener Schnitzel mit Kartoffelsalat.

Wladimir Kuchanko wirkte neben seinem Tischpartner wie ein Riese.

Anatol Potin, von schmaler Statur, blasser Gesichtshaut ob seiner extremen Kurzsichtigkeit mit einer dicken Hornbrille gesegnet, gab den Prototyp des Buchhalters.

Niemand hätte in ihm das führende Mitglied eines der gefährlichsten Verbrechersyndikate des Ostens vermutet. Kuchanko kannte viele Genossen aus Militärzeiten, aus seiner Zeit als Söldner und nunmehr im Syndikat. Keiner war derart kaltschnäuzig und herzlos wie Potin.

»Du hast vor zwei Jahren einen Auftrag nicht erfüllen können, nach meinem Dafürhalten wurde die Angelegenheit laienhaft versaut. Nicht nur, dass John Billiger noch lebt, deine Hauptaufgabe ist kläglich gescheitert. Du bist die Sache damals falsch angegangen, deine Fehler waren aus meiner Sicht unverzeihlich, ginge es nach mir, wäre die Konsequenz daraus dein Ende in der Firma. Was das bedeuten würde, weißt du ja. Nun gut, du hast einen starken Befürworter auf höchster Ebene, eine zweite, ich betone, letzte Chance, wird dir jetzt gewährt.

Aus sicherer Quelle wurde uns vor wenigen Tagen zugetragen, dass Basima El Din und ihre beiden Kinder am Leben sind.«

Potin gönnte sich eine künstlerische Pause, studierte Kuchankos Miene im Hinblick auf eine Reaktion, nippte an seinem Wasserglas, bevor er fortfuhr.

»Die Österreicher haben nach der Sache im Bergwald die gesamte Familie für tot erklärt. Frag mich nicht, warum, vermutlich haben Staatsschutz oder Terrorbekämpfer dazu geraten. Einzig der Professor überlebte den Anschlag nicht.

Basima und die Kinder, alle schwerst verletzt, kamen davon. Sie leben irgendwo versteckt. Ich bin der festen Überzeugung, dass Basima El Din nach wie vor im Besitz der für uns relevanten Gegenstände ist. Gefestigt wird meine These dadurch, dass Baschnar El Din, du kennst den verrückten Oberst, seinen Adlatus Saddam Balany auf die Reise geschickt hat.

Vorerst nur um die Leichen der Familie heimzuholen, zumal er über das, was ich dir eben erzählt habe, noch nicht Bescheid weiß. Noch nicht. Das wird sich ändern. Wir haben beschlossen, ihm die Wahrheit zukommen zu lassen. Er wird für uns eine Arbeit erledigen, die sehr aufwendig ist und beste Beziehungen zu diversen Diensten voraussetzt, die Saddam Balany hat. Nun kommst du ins Spiel, Wladimir. Du wirst dich an Saddams Fersen heften, ihn nicht aus den Augen lassen, bis er Erfolg hat, indem er die abtrünnige Ehefrau findet, dann schlagen wir zu.«

Eine Weile befassten sich die beiden Männer schweigend mit ihren Schnitzeln.

Kuchanko war fertig, legte sein Besteck auf den Teller, tupfte sich die Lippen mit der Serviette und sah Potin direkt in die Augen.

»Etwas Wichtiges habe ich dir noch zu sagen, Genosse Potin. Die Angelegenheit vor zwei Jahren im Bergwald habe nicht ich versaut, wie du dich auszudrücken pflegst, schon gar nicht laienhaft. Das Ding ist aus dem Ruder gelaufen, ich konnte keinen Einfluss nehmen, musste abhauen, ohne zugreifen zu können. So viel zur Wahrheit. Noch etwas lass dir gesagt sein, deine Meinung zu diesem Einsatz interessiert niemand!

Es steht auch nicht in deiner Macht, mir anzudrohen, was passieren sollte, verstehen wir uns? Du hast mir einen neuen Auftrag überbracht, das ist alles mehr hast du nicht zu bestimmen, auch wenn du dies nur allzu gerne tätest!«

Anatol Potin war noch ein wenig blasser geworden, in ihm tobte ein heftiger Kampf, wild aufsteigenden Zorn brachte er mühsam unter Kontrolle.

Wortlos schnappe er seine Tasche und verließ den traditionsreichen Schanigarten im Schatten des Stephans Domes zu Wien.

15

Die Nachricht traf Fritz Thurn wie ein Keulenschlag.

War er am Vortag vom Anruf aus dem Innenministerium völlig überrascht gewesen, konnte sich keinen Reim darauf machen, warum er unverzüglich im Bundeskriminalamt zu erscheinen habe, so wusste er nunmehr genau den Grund der Dringlichkeit. Mit dem Frühzug angereist hatte ihn Tobias Kroll am Wiener Hauptbahnhof abgeholt.

Die Besprechung leitete Frau Staatssekretärin. Im vierten Stock des Gebäudes saßen sich Beamte des Staatsschutzes, Staatsanwältin Lang-Länger, der Leiter des BKA sowie Kroll und Thurn gegenüber. Dem Oberst klangen die Worte von ihr noch in den Ohren.

»Meine Damen und Herren, guten Morgen! Ich setze voraus, sie wissen, wer ich bin.

Ich werde Ihnen etwas zur Kenntnis bringen, was bislang mit strengster Geheimhaltung belegt war.

Außer meiner Wenigkeit, drei Personen des Staatsschutzes sowie den Leuten des BKA, welche den Schutz der Betroffenen zu organisieren hatten, war bislang niemand bekannt, dass Frau Doktor Basima El Din und ihre beiden Kinder den mörderischen Anschlag vor zwei Jahren im Ennstal überlebt haben.«

Pause.

»Ihr in Österreich angeheirateter Mann, Doktor Hannes Dullin, kam ums Leben. Die Gründe der Geheimhaltung bleiben unter Verschluss, ebenso der derzeitige Aufenthalt der drei Personen.

Diese Mitteilung ergeht an die Staatsanwaltschaft Graz in Person von Frau Doktor Eva Lang-Länger sowie an den Leiter der Mordermittlungen beim Landeskriminalamt Graz, Herrn Oberst Fritz Thurn. Wir haben uns nach gründlicher Überlegung zu diesem Schritt entschlossen, um damit die Erhebungen im rechtlichen Rahmen zu halten, was heißt, dass ab sofort nicht in fünf Fällen des Mordes, sondern in zwei, Dullin und der Landwirt, ermittelt wird.

Die Fälle El Din und Billiger wären als Mordversuch zu werten, dahingehend wird Sie die Frau Staatsanwältin aufklären. Bevor ich mich verabschiede, weise ausdrücklich darauf hin, dass alles, was Sie hier gehört haben, strengster Geheimhaltung der Stufe 1/A unterliegt!

Verstöße werden nach dem Strafgesetzbuch als Verbrechen geahndet, auch hier wird Ihnen Frau Staatsanwältin Auskunft geben können. Das wäre alles von meiner Seite. Einen schönen Tag wünsche ich.«

Und weg war sie gewesen, die smarte Staatssekretärin.

Im Besprechungszimmer herrschte betretenes Schweigen.

Tobias Kroll und seine zwei Kollegen wussten nicht so recht wie sie damit umgehen sollten. Immerhin hatten Sie die Ermittlungsbehörde in Graz zwei Jahre davon ausgehen lassen, dass alle Personen mit Ausnahme von John Billiger ums Leben gekommen wären.

Auf dieser Basis wurden die Nachforschungen nach der Täterschaft geführt.

Dr. Eva Lang-Länger putzte ihre Brille wobei sie sich die richtigen Worte für eine vernünftige Erklärung überlegte.

Fritz Thurn räusperte sich.

»Heute wäre ein guter Tag den falschen Schleimkriechern im Staatsschutz diesen verdammten Akt vor die Füße zu werfen. Was glaubt Ihr, mit wem Ihr es zu tun habt? Ich habe drei Jahrzehnte Kripo auf dem Buckel, ohne einen einzigen Tadel im Personalakt, immer fleißig, brav, loyal. In meinem Herzen ruhen mehr Geheimnisse als Ihr jungen Hupfer jemals für euch behalten müsst. Und mir hat man vor zwei Jahren nicht vertraut? Ich war nicht würdig, die Wahrheit zu erfahren? Was seid Ihr nur für armselige Arschkriecher!«

»So geht das nicht, Fritz! Wir lassen uns nicht von dir beschimpfen. Diese Angelegenheit wurde von höchster Stelle geführt und angeordnet. Also beschwere dich beim Minister nicht bei uns.

Wir haben unsere Arbeit gemacht, genau wie du deine Arbeit machst. Also bitte etwas mehr Professionalität, auch wenn ich verstehen kann, wie angefressen du bist, es nützt nichts, wir müssen zusammen weiter machen.«

Tobias Kroll blickte zur Staatsanwältin.

»Herr Kroll hat recht. Es bleibt uns nichts anderes übrig. Glauben Sie mir, ich bin genauso enttäuscht über diesen Vertrauensmangel, aber dieser Fall ist nun einmal ein besonderer. Politische Interessen machen derlei Dinge immer kompliziert. Ich ziehe jetzt die Leute vom BKA bei, dann legen wir einen Plan für die weitere Vorgangsweise fest. Wir treffen uns in zwanzig Minuten wieder hier.«

Auf einer Toilette im vierten Stock des Bundeskriminalamtes schlug der Rauchmelder mit pfeifenden Tönen an, kurz darauf ging der Anruf der Berufsfeuerwehr beim Portier ein. Hektisches

Treiben herrschte am Gang, während der Stummel einer Virginia durch die WC-Spülung auf dem Weg ins Wiener Kanalsystem war und sich dessen Raucher klammheimlich über den Umweg der Damentoilette davonmachte.

Als die Sitzung wieder begann, war der falsche Alarm schon zu Ende. Eva Lang-Länger blickte über den Tisch Fritz Thurn vorwurfsvoll an. Er wusste, dass sie wusste, wer der Übeltäter gewesen war und zuckte lächelnd die Schultern.

»Wie es aussieht, hat sich für uns nichts geändert. Wir suchen einen oder mehrere Mörder, die auch für einige Mordversuche verantwortlich sind. Ermittlungstechnisch alles gleich. Unsere Strategie bleibt die gleiche, die Kripo Graz ist weiterhin zuständig für die Aufklärung, Oberst Thurn leitet wie gehabt die Ermittlungen. Das Bundeskriminalamt hat ein effizientes Schutzprogramm für Basima, Amira und Adil El Din auszuarbeiten. Dies beinhaltet eine neue Identität, die Löschung der bisherigen, einen sicheren Aufenthaltsort sowie alle asylrechtlichen Angelegenheiten aus den Datenbanken zu annullieren. Ich verweise auf die Anordnung des Ministeriums. Mehr braucht uns nicht zu interessieren.«

Lang-Länger blickte in die Runde. Thurn hob die Hand.

»Tut mir leid Frau Doktor, ich muss widersprechen. Es hat sich sehr wohl etwas geändert.

Etwas sehr Wesentliches. Ich habe nun Gelegenheit, die Überlebenden des Anschlages zu vernehmen, ein enorm wichtiger Faktor. Haben sie etwas gesehen? Können sie Beschreibungen liefern, gibt es Hinweise für ein Motiv? Alles Dinge, die uns weiterbringen werden.«

»Natürlich ist das ein wichtiges Element, es fällt aber in den normalen Ermittlungsalltag, wenn ich das richtig sehe Herr Oberst. Herr Kroll, Sie wollten etwas beitragen?«

»Fritz hat recht, die Aussagen der Opfer könnten uns weiterbringen. Ich muss darauf verweisen, dass jegliche Einvernahme seitens der Kripo weiterhin nur im Beisein eines Beamten der Direktion Staatsschutz und Nachrichtendienst erfolgen darf. Bevor du lospolterst, lieber Fritz, das ist nicht auf meinem Mist gewachsen. Bei den Personen handelt es sich um höchst gefährdete Geheimnisträger, Verbindungen zu agierenden Terrorzellen können nicht ausgeschlossen werden, insbesondere was die Finanzierung derselben betrifft. Also bitte, seien wir vernünftig, arbeiten wir zusammen und finden wir gemeinsam zum Erfolg.«

»Schöne Worte junger Freund. Du willst mir doch nicht sagen, dass ein Junge mit neunzehn und ein Mädchen mit siebzehn Jahren schützenswerte Geheimnisträger sind? Die Frau, das verstehe ich, erfahren werde ich es wieder nicht.

Wir sind am Anfang, der Thurn soll aufklären, soll liefern, erfahren darf er nur die Hälfte.«

Lang-Länger spürte neuen Streit aufkeimen.

»Meine Herren, es reicht. Wir sind hier nicht im Club der wehleidigen Kasperl, wir haben unseren Job zu machen. Ich erwarte gedeihliche Zusammenarbeit und hoffe auf baldige Erfolgsmeldungen. Danke, das wär's, wir treffen uns in zehn Tagen wieder.«

16

Die imposante Höhle mitten im Bergwald gelegen war nur wenigen Einwohnern bekannt.

Man wusste von längst verstorbenen Bauern, die vor und während der Weltkriege der fidelen Wilderei nicht abgeneigt waren, dass die Höhle in den Wintermonaten dem Schutz suchenden Hirschwild Unterstand bot. Sie wussten außerdem zu erzählen, dass die Höhle als Unterschlupf für Deserteure gedient habe, aber auch lichtscheues Gesindel soll dort ihr Unwesen getrieben haben.

Der schmale Eingang war einzig über einen kleinen verschlungenen Steig neben einer von Sträuchern und niederen Föhren verwachsenen Halde, aus der einst Schotter für den Wegebau gefördert worden war, zu erreichen. Kaum jemand kannte diesen Zugang.

Schritt man durch den niederen Einlass, öffnete sich eine gewaltige Grotte von den Ausmaßen eines Kirchenschiffes. Eine Laune der Natur hatte neben dem Eingang eine Art Balkon geschaffen, den man nur durch einen schmalen Gang aus der Höhle erreichen konnte. Stand man dort hoch über den steil abfallenden Felswänden, hatte man einen herrlichen Blick über den Talboden bis zu den Niederen Tauern.

Uwe Klein hatte es sich auf einer breiten Holzliege, die mit Strohsäcken und Fellen bedeckt war, bequem gemacht. Nach und nach trafen Leute ein. In der Aufmachung Klein sehr ähnlich.

Kahl geschorene Köpfe, unzählige Tätowierungen und Piercings sowie fanatisch glänzende Augen. Jeder richtete mit der rechten Hand einen längst verbotenen Gruß mit dem Wort *Freiheit* in Richtung des Anführers, der Uwe Klein offenbar war. Als an die zwanzig Menschen im Halbkreis Platz genommen hatten, entzündete eine der wenigen Frauen ein Lagerfeuer. Dosenbier wurde gereicht, eine Wodkaflasche machte die Runde. Lauter Gesang deutscher Rapper der rechten Szene hallte aus einem Transistorradio durch das Halbdunkel der Felsenhöhle, wo einige Fackeln entzündet worden waren, in deren Widerschein diverse Symbole aus längst vergangen geglaubten Zeiten leuchteten.

Auf ein Zeichen von Uwe Klein wurde die Musik abgestellt. Alle Augen waren gespannt auf den Anführer der absurden Gemeinschaft gerichtet.

»Bürger der *Freimark zu Wolkenstein*, ich heiße euch willkommen zum heutigen Treffen. Einziger Tagesordnungspunkt ist die Vorbereitung zur Teilnahme an der Demonstration nächste Woche gegen die uns aufrechte Bürger knechtenden, sinnlos agierenden politischen Gilden an der Macht eines nicht gewollten Systems, welches es zu kippen gilt.

Unsere Aufgabe ist es, diese selbstverliebten Eliten zu vertreiben und durch wahrhaft standhafte, die eigenständige wehrhafte Freiheit garantierende Männer der *Freimark zu Wolkenstein* zu ersetzen. Wir lassen uns keine Vorschriften aufzwingen, wir sind das Volk, wir sind der Souverän, wir bestimmen, wie die Zukunft auszusehen hat. Falls nötig werden wir das Recht des Bürgers auf freie Entscheidung in jeder Hinsicht mit Waffengewalt durchsetzen.

Wir sind bereit für die *Freimark zu Wolkenstein* unser Blut zu geben. Freiheit!«

Unter tosendem Gebrüll und Applaus streckte Uwe Klein die rechte Hand zum Gruß an seine fanatischen Zuhörer.

Allesamt eingeschworene Verschwörungstheoretiker, *Reichsbürger* sowie gefährliche Extremisten rechtsradikalen Ursprungs.

Der Anführer hob die Hand über den Kopf. Sofort herrschte gespannte Ruhe. Sein starrer Blick richtete sich auf einen jungen Mann direkt vor ihm.

»Tristan, du bildest Gruppen. Jeder Arbeitskreis erstellt ein Konzept zum effektiven Auftritt bei der bevorstehenden Demonstration. Hernach führen wir die Themen zusammen und legen die Strategie fest.«

Die Menge zerstreute sich. Kleine Gruppen, drei, vier Personen zogen sich in die hinteren Winkel der Grotte zurück.

Uwe Klein winkte eine Frau mit extrem kurzen Haarschnitt, völlig schwarzer Kleidung und Piercings in Lippen, Augenlidern und Ohren zu sich.

»Ute, setz dich zu mir. Ich muss mit dir reden.«

»Was liegt an, mit Sex kann ich dir hier neben allen Leuten nicht dienen, wenn du willst, gehen wir auf die Balustrade, da sind wir ungestört.«

Ute drehte sich aufreizend im Kreis, bot dem Anführer ihre körperlichen Vorzüge an, die da nicht wenige waren.

»Lass das, wir haben andere Dinge zu erledigen. Die Kripo war letztens wieder einmal bei mir. Du weißt schon Thurn dieses Oberarschloch. Diesmal hatte er einen vom Staatsschutz dabei.

Sie haben mich wieder einmal zu dieser Sache vor zwei Jahren vernommen. Sieht aus, als hätten sie eine neue Spur. Ich werde aber das Gefühl nicht los, dass der vom Staatsschutz auf uns angesetzt ist. Ich glaube, der wollte mich einmal sehen, persönlich kennenlernen, verstehst du, was ich meine? Der Kerl nennt sich Tobias Kroll, mehr weiß ich nicht, dürfte aber Wiener sein. Du musst deine Quelle anzapfen, wir müssen mehr über den Knaben wissen und vor allem was der vorhat.«

»Okay. Mach ich. Sobald ich kann, kriegst du Bescheid. Eine andere Frage? Wie lange wollt ihr noch in dieser dreckigen Höhle zusammenkommen? Das ist nicht der beste Platz, glaube mir. Im Ort spricht man schon über euch.«

»Ich, weiß Ute. Heute war der letzte Workshop hier. Ich habe einen alten verlassenen Bauernhof ausfindig gemacht, dort werden wir einziehen. Unter dem Deckmantel einer religiösen Sekte werden wir in Ruhe unsere Vorbereitungen zur Übernahme der Republik treffen können.«

Bei den letzten Worten war ein irres Leuchten in den Augen der Frau zu sehen.

Ute verabschiedete sich.

Sie hatte ihren klaren Auftrag bekommen, und diesen zu erledigen. Ihre Quelle war ein hoher Beamter, dessen masochistische Neigungen ihn in ihre Arme getrieben hatten.

Sie würde ihm mit der Peitsche Lust und Demütigung zukommen lassen, nebenbei würde er fröhlich ausplaudern, was sie wissen wollte.

Das Leben ist verrückt, dachte Ute.

Ein Schmunzeln huschte über ihre aufgespritzten Lippen.

17

Der Sommer war mit schwüler Hitze, begleitet von heftigen Gewittern, Sturm und Hagelschlag ins Land gezogen.

In der Ukraine tobte seit Monaten ein mörderischer Angriffskrieg, angefacht durch das russische Regime. Eine riesige Flüchtlingswelle traf die östlichen und mittleren Länder der Gemeinschaft, auch Österreich. Niemand wusste so recht, wie sich dieser Krieg auswirken würde, horrende Preissteigerungen in allen Bereichen und eine enorm hohe Inflation brachte Durchschnittsbürger, vor allem jedoch wieder einmal die ärmeren Bevölkerungsschichten an die Grenzen des Möglichen.

In einem beschaulichen Ort im Tiroler Unterland, der sich eine sanfte Tourismusphilosophie, ein gediegenes Ortsbild, alpines Flair, Berglandwirtschaft, Landschaftsschutz sowie umweltfreundliche Mobilität auf die Fahnen geheftet hatte, mit einem Wort ein Bergsteigerdorf, wohnten in einem renovierten Bauernhaus drei Menschen, die ob ihres Aussehens so gar nicht in das ländliche Idyll passen wollten.

Nachdem sich Basima, Adil und Amira El Din in verschiedenen streng geheim gehaltenen Kliniken und Gesundheitsanstalten von den körperlichen und den nicht minder schweren seelischen Wunden erholt hatten, war die kleine Familie ein Jahr nach dem brutalen Überfall im Dorf in den Bergen gelandet, wo sie nunmehr seit zehn Monaten wohnten.

Das Haus stand dem Bundeskriminalamt zur Verfügung, um Personen im Zeugenschutz sicher unterzubringen. Sie nannten die Einrichtung *Safehouse*, dem Modetrend des neuen Jahrtausends folgend, der da Anglizismus genannt wurde.

Basima hatte mit der Definition Zeugenschutz nichts zu tun. Andere sicherheitspolitische Prioritäten waren maßgebend gewesen für die Anordnung des Ministeriums.

Ihre immer noch aufrechte Ehe mit einem Ex-Oberst einer Armee, die dem Machthaber des Landes als Eliteeinheit und für seinen persönlichen Schutz diente, machte Basima zu einer besonders gefährdeten, aber auch verdächtigen Person.

Anfangs war sie mit der Entscheidung absolut nicht zufrieden gewesen. Sie war ein Mensch der Stadt. Urbanes Lebensgefühl war hier nicht gegeben. Einfaches Landleben ohne Oper, Theater und Konzertabende bestimmte den neuen Alltag.

Die Kinder hatten sich schneller mit der Idylle angefreundet. Sie wurden vorübergehend von einer privaten Lehrerin per Fernlehrgang unterrichtet.

Basima litt besonders unter dem Umstand, keinen Kontakt zu ihrer Mutter zu haben.

Telefonieren war ihr nur im Beisein einer Beamtin über ein sicheres Standtelefon erlaubt. Eine Vorsichtsmaßnahme, die dem Staatsschutz als notwendig erschien und zumindest zu Beginn des Programmes aufrechterhalten wurde.

Im Erker der Stube hatte Basima für Kaffee und Kuchen gedeckt.

Durch die mit Holzsprossen durchbrochenen Fenster hatte man einen schönen Blick auf den Anger vor dem Haus. Schrullig verwachsene Apfelbäume, niedere Sträucher der Johannisbeere, hierzulande Ribisel genannt, ein mit dicken Brettern eingefriedeter Gemüsegarten, der grob gezimmerte Gartentisch, zwei Bänke und eine auf einem Querbalken befestigte Schaukel, alles typisch für ein alt bäuerliches Anwesen.

In der von runden Bachsteinen gesäumten Zufahrt hielt ein dunkler Wagen.

Zwei Männer entstiegen dem Fahrzeug, blickten bewundernd in die Runde der herrlichen Bergwelt, bevor sie sich dem Eingang näherten, an dessen Türrahmen eine kleine Kuhglocke hing.

Tobias Kroll zog am dünnen Seil, helles Bimmeln erklang und gleichzeitig wurde die mit schönen Ornamenten geschnitzte Haustüre von Amir geöffnet, als habe das Mädchen nur auf das Gebimmel gewartet.

Höflich bat sie die Männer herein. In der niedrigen Zirbenstube erhob sich Basima von ihrem Platz am offenen Fenster.

»Guten Tag, mein Name ist Thurn, Kripo Graz, das ist mein Kollege Tobias Kroll. Sie sind Frau Doktor Basima El Din?«

»Richtig, nunmehr wieder El Din, leider. Willkommen in unserer bescheidenen Bleibe. Das ist mein Sohn Adil, meine Tochter Amira.«

Die Kinder grüßten freundlich und nahmen am Tisch Platz.

Basima schenkte Kaffee ein reichte duftenden Gugelhupf, bevor sie sich wieder setzte.

»Was kann ich für Sie tun? Ich denke, ich habe Ihnen, Herr Kroll und den anderen Beamten bereits ausreichend Auskunft gegeben?«

»Es gibt noch einige offene Fragen, Oberst Thurn wird sie stellen.«

Kroll wich dem fragenden Auge seines Begleiters aus.

»Sie beide hatten bereits ein Zusammentreffen? Gut, dann weiß ich das auch.«

Es kostete dem Oberst viel Mühe, seinen Zorn über diesen neuerlichen Umstand der idiotischen Geheimniskrämerei, wie er zu formulieren pflegte, zu verbergen.

»Also gut. Das Landeskriminalamt Graz führt im Auftrag der dortigen Staatsanwaltschaft die Ermittlungen im Falle des Mordes an Hannes Dullin sowie des Mordversuches an Ihnen und Ihren Kindern. Diesem Umstand ist es geschuldet, dass ich aus der Steiermark angereist bin, um Sie zu vernehmen. Dies zu Ihrer Information.

Ich werde Ihnen und Ihrem Sohn, er ist nach österreichischem Recht mittlerweile volljährig, Fragen zum Hergang des Überfalles vor zwei Jahren stellen. Für die Befragung ihrer Tochter brauche ich ihre Zustimmung, geben Sie diese nicht, darf ich bitten, dass Amira uns alleine lässt.«

»Amira ist alt genug, wir haben keine Geheimnisse, was den Überfall betrifft, können wir ohnehin nur wenig sagen. Alles ging ja so schnell.«

Basimas Unterlippe hatte nach den letzten Worten zu beben begonnen, es fiel ihr schwer, die Ruhe zu bewahren.

Thurn wartete.

»Es geht schon wieder Herr Thurn, bitte um Verständnis, es ist alles so schwer für mich und die Kinder, wir sind noch nicht über die schrecklichen Ereignisse hinweg.«

»Ich kann Sie sehr gut verstehen. Fangen wir mit dem Morgen des schrecklichen Tages an. Versuchen Sie, sich an den Ablauf des Tages zu erinnern, jedes Detail ist wichtig.«

»Wir haben gefrühstückt, die Kinder waren am Pool. Hannes und ich haben über den Tagesablauf gesprochen. Danach sind wir nach oben gegangen, haben uns umgezogen, etwas Proviant in die Kühltasche gepackt und sind zum Wagen gegangen.«

»Ist Ihnen während des Frühstücks oder beim Gang zum Wagen irgendetwas aufgefallen?«

»Nein, alles war völlig normal, nein.«

»Mom, erinnerst du dich, du gingst mit mir zum Fenster und zeigtest mir die Alm, auf die wir fahren wollten, den Weg durch den Wald, die Auffahrt neben der Felswand?«

»Ja, natürlich Amira, ich erinnere mich, woran denkst du mein Schatz?«

»Die beiden Männer dort am Tisch, der Schwarze und der Muskelmann? Na, macht es Klick?«

»Natürlich die beiden Gäste. Sie wirkten irgendwie so, als wären sie keine Urlauber, ich weiß nicht, wie ich es beschreiben soll, es war eigenartig. Ich hatte zuvor mit Hannes gesprochen, über den Vater meiner Kinder, der nach uns suchen würde. Ich war unruhig, vielleicht auch ein wenig paranoid.«

»Du warst erschrocken, als der Schwarze dich ansprach und hast mich hastig weggezogen. Ich erinnere mich genau, der Kerl machte dich an. *Ihre Tochter hat eine beneidenswert hübsche Mutter,* das waren seine Worte.«

»Ich erinnere mich. Ja, ein anzüglicher Typ.«

Thurn legte ein Foto auf den Tisch, es zeigte einen schwarzen Mann im Krankenbett.

»Das ist er, das ist der schwarze Mann, hundertprozentig, ich erkenne ihn wieder«, rief das Mädchen aufgeregt. »Haben Sie auch ein Bild seines Begleiters? Der war groß, durchtrainiert, Kurzhaarschnitt wie die Männer in Actionfilmen.«

»Leider nein Amira, du hast uns schon sehr geholfen. Noch etwas, was dir aufgefallen ist?«

Das Mädchen überlegte, schüttelte den Kopf.

»Vielleicht habe ich etwas gesehen.«

Adil hatte bislang interessiert zugehört.

»Ich ging damals zuerst runter. Auf dem Weg zum Camper hörte ich das Röhren eines scharfen Bikes. Könnte eine *Enduro* gewesen sein. Ein schwarzer Mann fegte damit über den Parkplatz, gefolgt von einem dunklen Geländewagen. Das ging sehr schnell, ich kann nicht mehr dazu sagen.«

»Auch das hilft uns, Adil. Sehr gut. Noch etwas mit Besonderheit?«

Die kleine Familie blickte sich an, Basima sprach einige Worte in einer für die Ermittler völlig fremden Sprache. Alle schüttelten den Kopf.

»Wenn Sie bitte weiterhin Deutsch mit uns sprechen würden, sind wir dankbar.«

»Sorry, es war keine Absicht, bin ich aufgeregt, verfalle manchmal in unsere Muttersprache. Ich habe die Kinder nur gelobt und ihnen gesagt, sie mögen nachdenken.«

»Alles gut Frau Doktor. Wenn Ihnen sonst nichts einfällt, kommen wir jetzt zum Überfall. Ich bin mir bewusst, wie schwer dies für Sie sein muss. Wir wollen den oder die Mörder von Hannes Dullin finden. Das allein ist unsere Aufgabe, zumindest meine.«

Thurn warf einen grimmigen Blick auf seinen Begleiter.

Basima schenkte Kaffee nach, bevor sie weitersprach.

»Wir fuhren diesen steilen Weg nach oben, als er wieder flach wurde, an einer engen Kehre, hielt Hannes kurz an, zeigte uns den Blick zur Alm, unser Tagesziel. Danach ging es weiter in ein Waldstück. Jetzt wird es schwierig, ich kann mich nur an Bruchstücke erinnern. Sicher ist, dass uns ein Wagen entgegenkam.

Die Bergstraße ist sehr eng. Hannes fuhr langsam, die Kinder waren im Wohnbereich des Caravans.

Der Wagen hielt an, zwei Männer stiegen aus, einer hatte eine Schnellfeuerwaffe in den Händen, ich sehe die Szene genau vor mir, wie Zeitlupe im Film lief alles ab, dann ist es dunkel, still.

Meine nächste Erinnerung ist das helle Licht in der Klinik.«

Basima war bleich geworden, die Schilderung hatte sie aufgewühlt.

Thurn erhob sich, ging hinaus und zerbrach eine Virginia.

Die Frau brauchte Ruhe, das wusste der erfahrene Ermittler. Zufrieden dachte er über die Aussagen nach. Der schwarze Amerikaner und der andere waren in irgendeiner Weise an der Sache beteiligt. Hatte der Muskelmann den Amerikaner in die Tiefe gestoßen und danach die Morde begangen?

»Das ist neu, uns gegenüber konnte sie sich an gar nichts erinnern. Was meinst du, bringt uns das weiter?«

Kroll fingerte eine Zigarette aus der zerknüllten Packung.

»Ob es euch weiterbringt, kann ich nicht beurteilen, es ist für mich nicht relevant. Ich mache meine Arbeit, was du aus den Aussagen ableitest, ist deine Sache.

Eines lass dir gesagt sein! Ab sofort werde ich mich mit dir nicht mehr absprechen. Ich muss die von ganz oben angeordnete Anwesenheit deinerseits akzeptieren, mehr nicht. Du kannst herumschnüffeln, wie du willst. Die Vernehmung führe ich, du mischst dich nicht ein, es fällt in meine Zuständigkeit, diese Morde aufzuklären. Alles klar, Herr Geheimagent?«

Wieder in der Stube angelangt nickte er den jungen Leuten, die ihre Mutter in die Mitte genommen hatten, freundlich zu.

»Es hilft alles nichts, ich muss noch einige Fragen stellen. Zuerst zu euch. Könnt ihr mir irgendeine Wahrnehmung mitteilen? Ihr wisst, die kleinste Kleinigkeit kann wichtig sein.«

Beide schüttelten die Köpfe.

»Meine Mutter hat es schon erwähnt, wir waren im hinteren Bereich. Ich erinnere mich an die Schüsse, es waren gefühlt Hunderte, mehrere Salven, so heißt es doch?«

Adil sah den Oberst an, während er zärtlich über die Haare seiner Mutter strich.

»Ja, Adil, so heißt es. Eine Salve besteht aus rasch hintereinander fallenden Schüssen aus einer automatischen Waffe.«

»Okay, ich bin sicher, es waren zwei Männer, weiße Männer, wie sie hier leben. Aufgefallen sind mir ihre T-Shirts, die waren beide gleich, dunkelblau mit Schriftzügen auf der Brustseite.

Keine Ahnung, warum mir das aufgefallen ist. Ich erinnere mich auch an das Gesicht des einen Mannes mit dem Gewehr, er schlug die Seitenscheibe ein, das letzte, was ich mitbekam. Aber dieses Gesicht, eine Grimasse voller Hass, davon träume ich manchmal.«

»Es waren also zwei Männer, weiße Männer.«

»Ganz sicher weiße Männer. Keine alten Männer, so um die dreißig würde ich meinen. Und beide hatten kahl geschorene Köpfe. Mehr kommt nicht mehr, vielleicht später, jetzt nicht.«

Der Junge lächelte schwach.

»Adil, könntest du den Mann einem unserer Zeichner beschreiben? Das wäre super.«

»Ich kann es versuchen, aber wir dürfen hier nicht weg, niemanden treffen. Wann ändert sich das endlich. Können Sie uns das sagen?«

»Dazu kann ich euch leider nichts sagen, vielleicht der Herr da draußen.«

»Diese Männer rund um Kroll, die sind vom Geheimdienst?«

»So was Ähnliches, ich habe damit nichts zu tun, ich bin Polizeibeamter. Noch eine letzte Frage: Sie sind sicher, dass die Männer mit einem Wagen kamen, kein Motorrad?«

Thurn hatte sich wieder an Basima gewandt.

»Absolut. Es war ein Personenwagen, grau, nicht allzu groß. Ich glaube, es war ein älteres Model, an mehr erinnere ich mich wirklich nicht.«

»Alles gut, Sie haben mir sehr geholfen. Ich danke für Ihre Aussagen. Alles Gute für die Zukunft, wir sehen uns sicher später wieder einmal.«

Basima erhob sich, reichte dem Oberst ihre Hand, die sie länger als zum Gruß üblich hielt.

Ihre Blicke trafen sich.

»Sie sind ein sehr einfühlsamer Mensch Herr Thurn, ganz anders als die Polizeibeamten, die ich kennengelernt habe, insbesondere jene in meiner Heimat. Aber auch hier spüre ich immer wieder eine Abneigung, eine Art von Distanz, mir und den Kindern gegenüber. Als hätte man Angst mit uns zu reden. Meist senken die Leute den Blick.

Sie sind anders, dafür danke ich Ihnen von Herzen. Versprechen Sie mir, die Mörder von Hannes zu finden?«

Sie hielt noch immer seine Hand. Der Hauch eines Schauers durchlief den alten Ermittler, diese Frau war ungewöhnlich, aus einer völlig anderen Kultur und sehr schön.

Eine eigenartige Aura schien sie zu umgeben.

»Ich werde alles tun, die Mörder zu finden, das kann ich versprechen. Ob es gelingen wird, das kann niemand versprechen, auch ich nicht.«

Wer weiß schon, ob wir uns je wiedersehen, ging es Thurn durch den Kopf.

Wenn ihr alle eine neue Identität bekommt, einen neuen Wohnsitz, dann sicher nicht.

Er nickte den Kindern zu und machte sich auf den Weg zum Wagen, wo bereits Kroll wartete.

Wortlos schwang er sich auf den Beifahrersitz, öffnete das Fenster und zerbrach eine Virginia.

18

Die Hitzewelle hatte den Höhepunkt noch nicht überschritten.

Im modernen Gebäude des Landeskriminalamtes liefen die Klimaanlagen auf Hochtouren.

Fritz Thurn hasste Klimaanlagen. Lieber saß er bei geöffneten Fenstern hemdsärmelig und schwitzend am Schreibtisch, als dass er diese von Viren durchseuchte Kunstluft, wie er sie nannte, einatmen würde.

In diesen Tagen kam jedoch auch er an seine Grenzen. Ein letzter Ausweg führte ihn in den nahen Baumarkt, wo er eine kleine Kunststoffwanne erstand. Mit kaltem Wasser gefüllt stand sie nun unter seinem Arbeitstisch. Die Hose bis zu den Knien hochgestülpt, ruhten die nackten Füße im kühlen Nass, was ihm ein zufriedenes Grunzen entlockte.

»Man muss sich nur zu helfen wissen«, grummelte er zufrieden, holte die Hälfte einer Virginia aus der Schublade, setzte sie entgegen dem absoluten Rauchverbot in Brand und beobachtete zufrieden die kleinen Rauchschwaden auf ihrem Weg durch die geöffneten Fenster. Die leichte Zugluft verhinderte den Aufstieg zur Zimmerdecke, wo der Rauchmelder dem Spiel des blauen Dunstes sofort ein Ende gesetzt hätte.

Seit einer Woche war er von der Dienstreise nach Tirol zurück. Die Aussagen von Basima und den beiden Kindern beschäftigen ihn. Insbesondere die Schilderung des Jungen, wonach es sich um zwei Männer in blauen T-Shirts und mit nur einem Gewehr gehandelt habe.

Lag er richtig mit der These eines möglichen Zusammenhanges mit den offenen Mordfällen ähnlicher Strukturen?

Zwei Männer, weiße Männer, wie sie hier leben, das hatte Adil gesagt. Als Araber erschien ihm die Art Menschen, die in der Umgebung lebte, auffälliger, anders in Aussehen und Gestik.

Ein anderer Typus, etwa ein Südländer, wäre ihm sicher aufgefallen. Die Täter waren also Einheimische oder zumindest Menschen aus dem Kulturkreis der näheren Umgebung.

Nachdenklich produzierte Fritz Thurn kleine Rauchringe. Konnte er sicher sein, dass es Menschen aus der Umgebung waren?

Keinesfalls.

Sah ein Steirer anders aus als ein Salzburger, ein Bayer oder Kärntner? Und doch war die Aussage des Jungen wichtig. Wladimir Kuchanko und der Amerikaner John Billiger rückten als unmittelbare Täter in den Hintergrund.

Nicht so Uwe Klein.

Der Ex-Elitesoldat, Staatsverweigerer und Reichsbürger gehörte nach wie vor zum engeren Kreis der Verdächtigen.

Aus dem Akt holte er eine Fotografie, die der deutsche Erkennungsdienst übermittelt hatte.

Uwe Klein, kahlköpfig mit Ringen in beiden Ohren, Tätowierungen am Hals und kalten Augen. Thurn stellte sich dieses Gericht als eine von Hass entstellte Fratze vor.

Möglich wäre es, ging es ihm durch den Kopf.

Er musste Adil dieses Foto vorlegen, ärgerte sich, dass er dies nicht bereits anlässlich des Treffens gemacht hatte. Außerdem sollte der Junge seine Erinnerungen einem Zeichner der Kripo kundtun.

Er griff zum Telefon.

»Thurn, LKA Graz ist Kroll im Hause?«

»Sie meinen Herrn Magister Kroll, Tobias Kroll?«

»Den meine ich.«

»Ich verbinde.«

»Servus Oberst, wie kann ich helfen?«

Wie immer knackte und rauschte es in der sicheren Leitung des Amtes für Staatsschutz.

»Frage: Sind die Personen noch in Tirol?«

In der Leitung blieb es lange still.

»Hallo, hallo, Kroll, bist du noch da?«

Thurn horchte verärgert.

»Ja, ja, Fritz, ich bin noch dran. Schlechte Laune heute?«

»Ja du mich auch! Hast du meine Frage nicht verstanden?«

»Doch doch. Alles gut. Ich darf sie dir leider nicht beantworten, das ist der Grund meines Schweigens.«

Nun hatte es Thurn die Sprache verschlagen. Ein Hustenanfall quälte ihn und färbte sein ohnehin gerötetes Gesicht dunkel.

»Bist du völlig verrückt geworden? Warum kannst du mir nicht sagen, ob die Personen noch in Tirol sind?«

»Du weißt genau Bescheid über den Grad der Geheimhaltung, Fritz. Deshalb nicht.«

»Verbinde mich mit deinem Vorgesetzten. Sofort!«

Oberst Thurn hatte die letzten Worte gebrüllt. In der Leitung knackte es einige Freizeichen erklangen, dann eine ruhige Stimme.

»Ja bitte, wer will mich sprechen?«

»Oberst Thurn, LKA Graz hier. Wer sind Sie?«

»Das tut nichts zur Sache, Herr Oberst, sie wollten den Vorgesetzten von Herrn Kroll, das bin ich. Also bitte, was kann ich für Sie tun?«

»Ich muss wissen, wo sich die Personen befinden, die ich zuletzt in Tirol vernommen habe. Sie wissen, um wen es geht, nehme ich an.«

»Natürlich weiß ich das. Leider kann ich Ihnen diese Auskunft nicht geben.«

Oberst Fritz Thurn knallte den Hörer auf den Apparat.

Wütend stand er auf und ging mit nackten Füßen zum Fenster, das Wasser hinterließ dunkle Flecken auf dem hellen Kunststoffboden.

Gierig sog er die frische, viel zu warme Sommerluft ein. Langsam kamen seine aufgewühlten Gedanken zur Ruhe.

Lass dich von diesen arroganten Idioten nicht immer wieder provozieren. Die Kerle ändern sich nie, sie leben in ihrer Welt des Misstrauens, der Täuschung und der dunklen Geheimnisse.

Er schüttelte den Kopf, als wolle er alle Gedanken an Staatsschutz und Nachrichtendienst aus diesem vertreiben.

Nachdem er sich ein Glas Wasser eingeschenkt hatte, blätterte er in einer der Aktenmappen zum Fall im Bergwald. Zehn Seiten betrafen den ballistischen Ablauf der Geschehnisse.

Ballistische Techniker, die Herren über die Lehre von der Bewegung geschleuderter oder geschossener Körper, befassen sich in der Kriminaltechnik insbesondere mit Vorgängen von aus einer Waffe verschossenen Projektilen, etwa die Wirkung eines Projektils und deren Abstammung. Er hatte den Bericht schon mehrfach gelesen, alle Projektile stammten aus einem deutschen Sturmgewehr *G95 / HK 416.* Aus einer Waffe, die aus Beständen der deutschen Bundeswehr gestohlen worden war. Dies hatten die deutschen Behörden festgestellt.

Er wollte den Bericht zur Seite legen, als ihm ein Zusatz auf der Rückseite des letzten Blattes auffiel. Er musste diesen bei seinen vorherigen Studien übersehen haben. Der Techniker hielt in diesem letzten Absatz fest, dass die Projektile, die den Landwirt getroffen und zu dessen Tod geführt hatten, aus einer völlig anderen Waffe stammten. Sie waren aus einer Schnellfeuerwaffe abgefeuert worden, welche mit hoher Wahrscheinlichkeit aus dem ehemaligen Jugoslawien stammte. Mehr hatte der Mann im Labor nicht feststellen können.

Thurn war ob dieser neuen Erkenntnis überrascht. Was bedeutete das? Alle Projektile im Wohnwagen hatten denselben Ursprung. Zwei tödliche Projektile aus dem Körper des Landwirtes waren völlig anderer Natur? Nach Aussage der Opfer war aber nur eine Waffe im Spiel gewesen.

Es musste einen weiteren Täter gegeben haben, zumal es entgegen jeder Logik war, dass der Täter die Schusswaffen gewechselt hatte.

Er ging den gesamten Akt Zeile für Zeile neuerlich durch. Der Todeszeitpunkt des Landwirtes sowie jener von Hannes Dullin war nach Ansicht der Pathologie identisch. Das musste nichts bedeuten. Die Morde konnten in kurzen Zeitabständen passiert sein. Selbst wenn die Tötungszeiten eine halbe Stunde variierten, würden die Gerichtsmediziner dies nicht feststellen können.

Er kam nicht weiter. Einzig die Erkenntnis, dem jungen Adil das Foto von Uwe Klein vorzulegen, schien im wichtig. Hier wollte er ansetzen.

Er bestellte einen Dienstwagen beim Garagenmeister, fuhr kurz in seiner Wohnung vorbei, um seinen kleinen Reisekoffer zu packen und machte sich auf den Weg nach Tirol.

19

Das halb verfallene Gehöft, einsam gelegen am Rande des ältesten Hochmoores des Landes, erweckte den Eindruck als würde es augenblicklich einstürzen.

Der zugehörige Stall hatte den Einsturz bereits hinter sich. Aus den verfallenen Steinmauern ragten einzelne Holzträger, in deren Zwischenräumen verschiedene Vogelarten nisteten.

Am Bauernhaus hatte man notdürftig das desolate Dach mit Planen abgedeckt. Einige der Fensterrahmen waren mit Brettern verschlagen. Die vorderen, links und rechts des Einganges gelegenen Fenster waren nicht zerbrochen. Durch das von Schmutz trüb gewordene Glas fiel diffuser Lichtschein auf den steinigen Hofplatz, wo verschiedene Motorräder einer bekannten US-Marke abgestellt waren.

Bevorzugtes Motorrad diverser Motorradbanden, meist radikalen Ursprunges und grundsätzlich untereinander verfeindet.

Im von Petroleumlampen erleuchteten Raum, der ehemaligen Stube des Anwesens, hatten sich um einen runden Tisch sechs Männer versammelt.

Alle trugen die typische Kleidung der Kult-Biker. Ärmellose Jeansjacken mit allerlei US-Schriftzeichen, am Rücken den Schriftzug des Clubs. Einige trugen unter den Jacken T-Shirts mit provokanten Sprüchen aller Art auf der Brust, andere waren nackt unter den Westen und präsentierten eine Unzahl an Tätowierungen.

Uwe Klein bildete eine Ausnahme. Er trug eine ausgebeulte Jogginghose zu einem dunkelblauen Shirt mit der Aufschrift: *Where We Go One, We Go All* (sinngemäß: Einer für alle, alle für einen).

Mitten auf dem Tisch hatten die schmuddeligen Kerle eine Lage mit Dosenbier platziert.

»Na dann Jungs, *Freiheit* auf unsere neue Heimstätte.«

Klein hob seine Dose, die Kumpane folgten seinem Beispiel.

»Es gibt hier noch allerhand zu tun, wie ihr feststellen werdet. Der verfallene Stall ist kein-Problem, den lassen wir, wie er ist. Wir kümmern uns einzig um das Wohnhaus. Oben befinden sich vier kleine Räume, wo wir einfache Betten aufstellen werden, falls einmal einer von euch übernachten will oder seine Braut zu einer *Happy Hour* überreden kann.«

Die Männer lachten und hoben die Bierdosen.

»Im Erdgeschoss brechen wir alle Zwischenwände heraus. So erhalten wir einen großen Raum für die Zusammenkünfte. Ich habe dem Besitzer die Pacht für ein Jahr im Voraus bezahlt.

Alles hier läuft unter den Titel *The Biker's Club Place.* Das habe ich am Gemeindeamt bereits abgeklärt. Dieser Titel erschien mir unauffälliger, als irgendwelche Gerüchte über eine Sekte zu verbreiten. Wir müssen vorsichtig sein.

Apropos Weiber, Ute war gestern bei mir. Sie war in Wien, hat ihren fetten Freund aus dem Ministerium wieder mal die Leviten gelesen. Der unverbesserliche Liebhaber der Peitsche versinkt anscheinend in sexuelle Befriedigung, wenn sie ihn ausreichend demütigt, quält und schmerzhaft genug *behandelt*. Im Delirium des Masochismus plaudert er so ziemlich alles aus, was Ute wissen will. Unfassbar dieser Typ. Ein Geheimnisträger in Straps und Leder.«

Wieder johlte die Runde.

Uwe Klein hob beschwichtigend beide Hände. Er war in seinem Element, er liebte es, wenn die Männer ihm zujubelten, in ihrer naiven Bierseligkeit alles hochleben ließen, was ihr Anführer ihnen vorkaute, wenn es auch noch so armseliger Stumpfsinn war. Armselig und stumpfsinnig, mit durch Alkohol und Drogen erkrankten Gehirnen das waren sie fast alle.

In ihrer Welt war er der Größte, er würde es mit ihrer Unterstützung schaffen diese Arschlöcher in den staatlichen Institutionen über kurz oder lang aus ihren Burgen zu verjagen. Freie Bürger in einem freien Land ohne staatliches Joch, ohne Gesetze, ohne Vorschriften, ohne Steuerlast und Bürokratie, das war es, was ihnen vorschwebte. Ihnen, die sich benachteiligt, unterdrückt, ausgegrenzt fühlten.

Arbeitslos, das waren alle, die hier zusammensaßen. Nicht weil es keine Arbeit für sie gäbe, sondern weil sie für die verhassten Eliten, die ausbeuterischen Unternehmen, *für die da oben,* nicht arbeiten wollten. Dass sie aus Steuergeld der Gesellschaft ihr Arbeitslosengeld, Sozialhilfe und sonstige Unterstützungen bezogen, stand auf einem anderen Blatt Papier. Drogendeal, Prostitution und Sozialbetrug, das war ihr tägliches Brot. In ihren Vorstellungen würde vieles noch viel einfacher, wenn erst ein *Freikanzler der Freimark Wolkenstein,* an der Macht war.

Von Politikern, Bevölkerung und Medien als unverbesserliche *Spinner* abgetan, waren diese Gruppen nicht ungefährlich, planten sie doch ernsthaft Attentate und nahmen regelmäßig an diversen Demonstrationen teil, in deren Umfeld sie ihr Gedankengut zur Aussaat brachten.

»Ute hatte allerlei zu berichten. Wie ich bereits ahnte, soll der Staatsschutz eine Strategie ausarbeiten, deren Ziel die Aufdeckung und Vernichtung diverser Gruppen vorsieht. Gruppen wie wir eine sind, treue, aufrechte Bürger, denen die Heimat am Herzen liegt, die unser Land vom Joch der Mächte befreien wollen!«

Wieder zustimmendes Gejohle.

»Männer! Es gilt sich neu zu organisieren! Allerhöchste Zeit, die Zusammenarbeit mit anderen Gruppen zu suchen, gemeinsame Aktionen auszuarbeiten und Strategien zu entwickeln. Nur gemeinsam können wir unser großes Ziel erreichen, unseren großen Traum verwirklichen.«

In dieser Tonart ging es bis spät in die Nacht hinein weiter. Gegen Mitternacht war die gesamte Runde derart betrunken, dass an eine Fahrt mit den Motorrädern nicht mehr zu denken war.

Uwe Klein war nüchtern geblieben, während sich die anderen auf dem Fußboden mittels Decken und Schlafsäcken ihr Nachtlager aufbauten.

Er würde in seine Wohnung fahren. Mit dem besoffenen *Gesindel,* das waren seine Kumpane in Wahrheit für ihn, wollte er keinesfalls die Nacht verbringen.

Ihr großteils primitives Gedankengut, die ständigen Saufgelage, die regelmäßigen Touren zu diversen Biker-Treffen sowie die immer wieder laufenden krummen Geschäfte waren nicht seine Welt. Doch noch brauchte er sie, brauchte sie sozusagen fürs *Grobe,* für die Demos und die eine oder andere Rauferei.

In Wahrheit standen ganz andere Männer hinter seinem Gedankengut. Männer, die mit ihrer Partei bereits den einen oder anderen Erfolg verzeichnen konnten. Es stand außer Zweifel, dass nicht nur hier im Land, sondern in vielen Ländern Europas rechtes Gedankengut bis hin zum *Starken Mann*, der das Land mit eiserner Hand regieren sollte, im Vormarsch begriffen war.

Sein Fahrrad hatte er hinter dem Haus abgestellt. Als er um die Ecke bog, hörte er Stimmen. Interessiert lauschte er dem Gespräch. Zwei Männer verrichteten auf wackeligen Beinen ihre Notdurft. Dabei unterhielten sie sich kichernd.

Was Uwe Klein zu hören bekam, war keineswegs zum Lachen. Vielmehr lief ihm kalter Schauer über den Rücken.

Konnte das wahr sein, hatte er sich nicht verhört?

Hastig wich er zurück, ließ die Männer ins Haus torkeln und holte sich sein Rad.

Er fand den Rest der Nacht keine Ruhe, zu sehr beschäftigte ihn der Dialog dieser Männer.

20

Nachdenklich stand Fritz Thurn am Rande der Forststraße.

Sein Blick verlor sich in der tiefen Schlucht vor ihm. Hier war der Amerikaner über die Felswand gestürzt. Ein Wunder diesen Sturz lebend zu überstehen, dachte der Oberst. Der Mann musste mehrere Schutzengel gehabt haben.

Thurn hatte sich auf seiner Reise nach Tirol den seinerzeitigen Tatort noch einmal vor Augen führen wollen. Schritt für Schritt ging er in Gedanken die ersten Ermittlungsmaßnahmen durch. Überlegte, wo der Caravan gestanden hatte, wo der Traktor des Bauern zum Stillstand gekommen war und wie die Flugbahnen der Projektile erhoben worden waren. Als er damals am Tatort eingetroffen war, hatte die Tatortgruppe ihre Arbeit bereits in vollem Umfang aufgenommen. Die beiden Leichen waren noch vor Ort gewesen.

Die Frau war zusammen mit den Kindern weggebracht worden, zumal man glaubte, ihre Leben retten zu können. Was ja letztlich gelang, allerdings erst zwei Jahre danach zu ihm durchgedrungen war. Wenn er daran dachte, trieb es ihm noch immer die Zornesröte ins Gesicht.

Er ging noch einmal die Wege der Fahrzeuge durch. Der Caravan war aus Fahrtrichtung Osten gekommen. Die Schüsse durch die Windschutzscheibe waren also aus Westen in Richtung Osten abgegeben worden. Dies ging aus den Unterlagen klar hervor. Der Landwirt war aus Fahrtrichtung Westen gekommen, er war kurz vor dem Tatort aus einem schmalen Seitenweg auf den Forstweg eingebogen. Da er von vorne per Kopfschuss getroffen worden war, mussten diese Schüsse aus umgekehrter Richtung, also aus Osten in Richtung Westen abgefeuert worden sein.

Eine andere Waffe sowie entgegengesetzter Standort der Schützen.

Plötzlich war er sicher, dass eine weitere Person am Werk gewesen war. Der Bauer musste nachher getötet worden sein, sonst hätte Basima oder eines der Kinder den Traktor erwähnt.

Oder hatten sie es vergessen, nicht wahrgenommen in der Stunde des Wahnsinns?

Er musste sie noch einmal befragen.

Nach vier Stunden mühevoller Autofahrt, der Urlauberverkehr hatte nach der Zeit der Pandemie wieder voll eingesetzt, erreichte er Innsbruck. Er checkte in einem der neuen Hotels am Bahnhof ein, nahm eine erfrischende Dusche und legte sich für zwei Stunden ins Bett.

Ausgeruht verließ er am frühen Abend sein Zimmer, um sich mit einem Kollegen aus der Ausbildungszeit zu treffen. Dafür hatten sie ein bekannt uriges Gasthaus in der Altstadt ausgewählt.

Obwohl er seinen Freund und Kollegen seit Jahren nicht mehr persönlich getroffen hatte, erkannte er diesen allein an seiner Körpergröße sofort wieder. Franz Kleinfelder maß gut und gern zwei Meter. Hatte er ihn als durchtrainierten Sportler in Erinnerung, so sah er nun, dass auch bei ihm der Wohlstand ein Bäuchlein hatte wachsen lassen.

»Fritz aus Graz! Wie geht es dir alter Schnüffler?«

»Mir gehts gut, mein Lieber. Schön, dich zu sehen. Was macht die Familie alles gesund?«

»Und ob. Bin zum dritten Mal Opa geworden, wieder ein Mädchen. Alles gesund und wohlauf. Aber setz dich erst einmal. Ein Bier?«

Er winkte dem Kellner, der bereits mit der Speisekarte in der Hand unterwegs war.

Sie bestellten Kalbsbratwürste mit Sauerkraut, dazu geröstete Erdäpfel, eine Spezialität des Hauses. Während sie die köstlichen Würste verspeisten, ließen sie alte Erinnerungen aufleben, Erinnerungen an ihre Zeit an der Polizeiakademie, wo sie vor mehr als dreißig Jahren zusammen ihre Prüfungen absolviert hatten. Als der Kellner die leeren Teller abgeräumt hatte und den traditionellen Schnaps auf Kosten des Hauses serviert hatte, kamen die beiden erfahrenen Ermittler zum eigentlichen Grund ihres Treffens.

»Jetzt erzähle, was dir am Herzen liegt, Fritz. Am Telefon wolltest du dich nicht äußern, scheint eine heikle Angelegenheit zu sein.«

»Das kann man so sagen. Erinnerst du dich an die Morde in der Obersteiermark vor zwei Jahren? Ein Wiener Professor, seine Frau, zwei Kinder und ein Landwirt waren damals die Opfer.«

»Natürlich war eine große Sache. Soviel ich weiß seid ihr nicht wirklich weitergekommen? Ungute Geschichte.«

Fritz schilderte seinem Freund den aktuellen Sachverhalt. Er erzählte ihm auch die Geschichte der Geheimhaltung, die seiner Ansicht nach unseriöse Vorgangsweise des Staatsschutzes und kam schließlich zum Punkt.

»Basima El Din, ihre beiden Kinder Adil und Amira, sie lebten die Monate nach ihren Klinikaufenthalten im Tiroler Unterland, wurden nunmehr in eine Art Zeugenschutz-Programm übernommen. Seit Wochen sind die drei verschwunden.

Verfassungsschutz und Ministerium weigern sich natürlich, mir den neuen Aufenthaltsort bekanntzugeben. Absolute Geheimhaltung, Stufe 1, du kennst das ja.

Meine Frage an dich. Hast du oder das LKA Tirol mitbekommen, wohin die Leute gebracht wurden? Ich muss sie für meine Mordermittlungen unbedingt noch einmal vernehmen, also einige Fragen stellen, mehr nicht. Kannst du mir helfen?«

Franz Kleinfelder, von Geburt Tiroler Bergbauernsohn, hochintelligent, aber auch stur wie die zotteligen Schwarznasenschafe auf seinem Heimathof drehte versonnen das leere Schnapsglas in seinen Händen.

»Fritz, du weißt, wie es läuft, selbst wenn ich etwas in der Angelegenheit wüsste, was aber ohnehin nicht der Fall ist, ich könnte ..., dürfte es dir nicht sagen.«

Er weiß etwas, dachte Thurn, ich kenne seine Bauernschläue, er hat Angst, einen Fehler zu machen.

»Okay, Franz. Alles gut, ich habe verstanden. Ein kleiner Tipp muss möglich sein. Es ist schön, mit dir in Innsbruck zu essen, zu reden, ein Bier zu trinken, aber das alleine kann die weite Reise von Graz hierher nicht rechtfertigen. Also, was ist, schreib es auf, wenn du nicht sprechen willst.«

Fritz Thurn hob sein Bierglas und prostete seinem Gegenüber zu. Der kämpfte offenbar mit dem inneren Schweinehund, mit der ihm eigenen Dienstbeflissenheit, mit der Schweigsamkeit, die den meisten Kripo-Ermittlern in vielen Jahren ihrer Tätigkeit zum täglichen Brot wird.

»Ich kann wirklich nicht, Franz. Ich müsste dir dann sagen, dass zwei Leute der Cobra-Einsatzgruppe den Transport übernommen haben, wenn ich es wüsste. Solche Dinge machen der Koller Hans und ein junger Kollege, seinen Namen weiß ich jetzt nicht. Aber wie gesagt, wenn ich es wüsste, nur dann könnte ich dir das sagen.«

»Ja Franz, wenn du es wüsstest…., schade, dass du mir nicht helfen konntest. Aber der Koller Hans, wo finde ich den? Der war einmal mit mir auf einem Seminar in Wien, den würde ich schon gerne treffen, wenn ich schon einmal hier bin?«

Die steile Zufahrt führte durch ein kurzes Waldstück, dann eröffnete sich der Blick auf ein modernes, terrassenförmig angelegtes Haus in drei Etagen samt durchgehender Fensterfront.

Fritz Thurn hielt vor dem breiten Tor, stieg aus und ließ den Blick über das imposante Gebäude, den weitläufigen Garten mit dem grün schimmernden Pool in dessen Mitte, und die herrliche Aussicht auf die Tiroler Landeshauptstadt zu seinen Füßen auf sich wirken.

Sein erster Gedanke war, wie konnte sich ein Beamter wie Hans Koller diesen Luxus leisten? Aus dem Lautsprecher neben dem riesigen Tor drang eine mürrische Stimme.

»Was wollen Sie? Haben Sie sich verfahren?«

Der Oberst grinste. Koller wie er immer war, ein liebevoller Brummbär.

»Servus Hans, mein Name ist Fritz Thurn, Oberst des LKA Graz, ich habe einige wichtige Fragen. Würdest du so nett sein und mich reinlassen?«

Wie von Geisterhand öffneten sich die Torflügel.

»Ich glaube es nicht, der alte Oberst aus Graz. Fritz, verdammt noch einmal, was führt dich nach Innsbruck, warum hast du dich nicht angemeldet?«

Koller stand in Jogginghose und T-Shirt neben der geöffneten Terrassentür. Ein imposanter Anblick. Austrainiert, muskulös, braungebrannt mit einem herzlichen Lachen im noch immer jugendlichen Gesicht. Mit seinen fünfzig Jahren schaut der Junge noch verdammt gut aus, dachte Thurn und strich sich über seine Wölbung oberhalb des Hosenbundes.

»Ich bin kurzfristig aufgebrochen, habe mich mit Kleinfelder getroffen, der hat mir deine Adresse gegeben.

Schön hast du es hier, es kann noch nicht lange her sein, dass du im Lotto gewonnen hast.«

»Immer ein Witzchen auf den Lippen. Komm erst einmal herein, was kann ich dir anbieten?«

Der riesige Wohnraum war mit modernen hellen Möbeln geschmackvoll eingerichtet. Bilder zeitgenössischer Maler an den Wänden, hochwertige Teppiche am hellen Marmorboden, hier war ein ausgezeichneter Innenarchitekt am Werk gewesen.

»Ein Kaffee wäre gut, vielleicht ein Wasser dazu? Wie gesagt, ich war gestern mit Franz in der Stadt unterwegs, hat etwas länger gedauert, das Frühstück im Hotel war nichts für meinen Magen.«

»Ich mach dir was zum Essen, ein paar Eier mit Speck, das hilft dir auf die Beine.«

»Lass nur Hans, kein Appetit, nur Kaffee und Wasser, danke dir.«

»Wir haben Besuch? So früh am Morgen? Kennen wir uns?«

Auf der breiten Treppe stand eine bezaubernde Frau. Im eleganten Kostüm und der übrigen Aufmachung wirkte sie wie eine Geschäftsfrau auf dem Weg zur Arbeit.

»Ich habe dir von diesem Kerl erzählt, Liebling. Das ist Fritz Thurn, Oberst bei der Kripo in Graz, ich war mit ihm auf einem Kurs in Wien, er ist auf Kurzbesuch in Innsbruck und hat mich besucht.«

Ihr Händedruck war fest und sympathisch, das dezente Parfüm stieg Thurn betörend in die Nase, sie hatte die schönsten Zähne, die er je gesehen hatte.

»Meine liebe Frau Katja, sie wird uns leider gleich verlassen, ihre Patienten warten nicht gerne.«

Während Katja ihr Mini-Cabrio aus der Garage manövrierte, ließen sich die Männer in die breiten Korbsessel auf der Terrasse fallen.

»Wie, lange bleibst du? Ich habe heute frei, wir könnten etwas unternehmen, eine Fahrt auf die Nordkette oder ein Besuch der Schanze, was meinst du?«

»So lange kann ich nicht bleiben, Hans. Ehrlich gesagt hat mein Besuch auch einen dienstlichen Grund. Ich muss dich etwas fragen.«

Ein leichter Schatten glitt über Kollers Gesicht. Offenbar redete er nicht gern über dienstliche Angelegenheiten.

»Habe ich etwas angestellt?«

»Natürlich nicht«, sagte Fritz Thurn lachend.

»Zumindest nichts, was mich auf den Plan rufen würde. Nein, es geht um etwas ganz anderes, eine heikle Geschichte.

Ich bin nicht sicher, ob du mir helfen kannst.«

»Versuchen wir es, leg los.«

Koller hörte aufmerksam zu, nickte wissend, legte die Stirn in Falten und machte sich einige Notizen auf einem Blatt Papier.

»So weit, so gut, Fritz. Ich kenne jetzt die Geschichte im Detail, aber was willst du konkret von mir? Wie sollte ich dir eine Hilfe sein?«

»Ich glaube zu wissen, dass die Familie El Din von Beamten der Einsatztruppe Cobra Innsbruck in ihr neues Domizil begleitet wurde. Warst du dabei?«

Die direkte Frage löste einen kurzen Blick zu Boden bei Hans Koller aus, ein Zeichen für den erfahrenen alten Oberst.

»Ich bin bei unterschiedlichen Transporten dabei, das gehört zu unserem Job. Abschiebungen von abgewiesenen Asylwerbern, Überstellungen von Häftlingen, Begleitschutz gefährdeter Personen und vieles mehr. Meist kenne ich die Namen der Personen nicht. An den Namen El Din kann ich mich nicht erinnern. Tut mir leid, Fritz. Da kann ich nicht helfen.«

»Kannst du nicht oder willst du nicht?«

»Was heißt nicht wollen? Du kennst die Vorschriften besser als viele andere, du weißt, was passiert, wenn ich derlei höchst geheime Dinge weitergebe. Das kann mich den Job kosten. Das wollen wir doch nicht, Fritz, mein Freund.«

»Ist mir vollkommen klar. Machen wir es ganz anders.

Ich kenne die Standorte von beinahe allen Safe-House-Einrichtungen, diese sicheren Häuser, die den Behörden zur Unterbringung gefährdeter Personen im Zeugenschutz-Programm dienen. Zumindest die österreichischen Standorte. Ich zähle jetzt diese Orte auf, du nickst wissend. Nickst du nicht, kennst du den Ort nicht, mir sagt er aber etwas. Das wäre eine Lösung, Hans, alter Kumpel? Ich schwöre bei meiner schwarzen Seele, kein Mensch wird je etwas von unserem Gespräch erfahren. Du wahrst dein Gesicht, mir ist geholfen und alle sind froh. Habe ich recht?«

»Wer weiß, dass du nach Innsbruck gefahren bist? Gibt es jemand, der die Absicht deiner Reise kennt, der daraus etwas ableiten könnte?«

»Natürlich nicht. In meiner Stellung nehme ich mir ein Fahrzeug und haue ab. Ich brauche keinen Fahrbefehl oder was immer. Niemand hat eine Ahnung, wo der alte Fritz sich aufhält. Keine Sorge.«

»Du findest meine Vorsicht vielleicht lächerlich. Es ist mir jedoch todernst. In letzter Zeit gab es genug Dinge, die ein schlechtes Licht auf Staatsschutz und Umfeld geworfen haben. Es weht ein neuer scharfer Wind, ich will nicht in die Mühlen der Korruptionsstaatsanwaltschaft geraten. Die hatten mich nach einer anonymen Anzeige schon einmal am Frack. Es ging um meinen Lebensstil, Haus, Auto, Urlaube und dergleichen.

War eine reine Nebelgranate. Meine Frau ist Zahnärztin, Besitzern einer Gemeinschaftspraxis mit vier Kollegen mitten in der Stadt samt Kundenstock, vom Vater übernommen. Alt eingesessen und solide. Das Anwesen gehört ihr. Ich bin nur angeheiratet, mit Ehevertrag und allem drum und dran. Ich will absolut keinen Ärger.«

»Wirst du nicht haben. Ich nehme einmal an, es ist noch nicht so weit, dass die Wohnungen der Beamten abgehorcht werden. Also wer soll Verdacht schöpfen? Ich bin in einer halben Stunde weg, wir haben uns nie gesehen. Aus vorbei.«

»Also gut, Fritz. Fang mit deinen Namen der Orte an, mal sehen, ob ich alle kenne.«

Fritz Thurn stieg in seinen Wagen, winkte seinem Kollegen freundlich zu und machte sich auf den Weg in Richtung Autobahn.

Plötzlich hatte er es sehr eilig.

21

Zufrieden lehnte sich der Oberst in seinem Bürostuhl zurück.

Er war zügig von Innsbruck nach Graz durchgefahren. Das Fahrtenbuch hatte er entsprechend angepasst, indem er die Dienstreise mit Ermittlungen zu den gleich gelagerten Mordfällen begründete. War schließlich am Tiroler Achensee eine ähnliche Tat vorgefallen.

Aus der untersten Schublade seines Schreibtisches holte er eine Straßenkarte. Den Routenplaner am PC mied er. Dieser vom Netz abhängige Dienst war ihm nicht nützlich zumal er soweit als möglich geheim vorgehen wollte. Sein Plan passte so gar nicht in das Schema polizeilicher Dienstvorschriften. Diese Ermittlung betraf ihn alleine, so wollte er sie auch durchziehen.

Bei seinem letzten Treffen mit Basima hatte er gespürt, dass diese Frau seine Unterstützung brauchte. Dass er sich zu ihr hingezogen fühlte, wollte er sich nicht eingestehen.

Unter dem Vorwand, notwendige zusätzlicher Fragen zu stellen, hielt sich der eigentliche Grund seines Vorgehens versteckt.

Tief in seinem Inneren hatte sich Amors kleiner Pfeil festgesetzt, ohne dass er es wahrhaben wollte, es nicht akzeptieren wollte. Noch nicht.

Hans Koller hatte ihm den Aufenthaltsort nicht bekannt gegeben, wofür er volles Verständnis hatte. Dass er diesen nun doch zu kennen glaubte, lag an einem kurzen Kopfnicken. Zehn sogenannte sichere Häuser hatte Thurn aufgezählt, beim elften war Hans Koller aufgestanden und zur Toilette gegangen, das Nicken war ausgeblieben.

Der Oberst meldete sich in der Personalabteilung ab, eine Woche Urlaub war genehmigt worden.

Alle notwendigen persönlichen Dinge hatte er gepackt, sein Privatwagen stand bereit.

Die Verlegung der Familie war vor vierzig Tagen über die Bühne gegangen, er hoffte, dass sich alle in ihrem neuen Domizil bereits eingelebt hatten. Aus früheren, ähnlich gelagerten Fällen wusste er, dass das BKA stets versuchte, die im Zeugenschutz stehenden Menschen in das örtliche Geschehen einzubinden. Unter Mithilfe einer ausgeklügelten Legende, also neuer Name, neues Vorleben, neuer Pass, Führerschein und dergleichen wurden die neuen Ortsbewohner eingegliedert. Ganz so, als seien sie eben neu zugezogen, auf der Suche nach sozialer Anbindung.

Er war neugierig, was sich die Verantwortlichen diesmal hatten einfallen lassen. Einfach würde es für ihn nicht werden, zumal mit Sicherheit Beamte der zuständigen Spezialeinheit zumindest anfangs für den Schutz der Familie abgestellt worden waren.

Die Wahl des Aufenthaltsortes, wenn dieser stimmte, was er noch nicht wusste, erschien ihm gut gewählt. Nicht weit von der Bundeshauptstadt entfernt, verkehrsmäßig gut angebunden und doch im ländlichen Raum. Dass der Ort ausreichend Arbeit bot, war ein weiterer positiver Effekt.

Er kannte die Gegend aus seiner Zeit der Ausbildung in Wien.

Über die A2 war er bis zur Abfahrt Kottingbrunn gekommen, von dort weiter nach Bad Vöslau und über die Badener Straße in den kleinen Weinort Sooß.

Der idyllisch gelegene Ort lag eingebettet in die herrlichsten Weingärten.

Die gepflegte Hauptstraße entlang reihte sich ein Weinbaubetrieb neben den anderen. Die Winzer nutzten naturgemäß die Gelegenheit des Verkaufes ihrer Produkte in den sogenannten *Heurigen*.

Einem uralten Erlass aus der Epoche Kaiserin Maria Theresias folgend, waren sie im Besitz einer einzigartigen Konzession, die es ermöglichte, den Wein aus den eigenen Betrieben zusammen mit einer Jause, deren Produkte wie Wurst und Selchfleisch ebenfalls aus eigener Produktion stammen mussten, an Gäste zu verkaufen. Eine genaue Geschäftsordnung sorgte dafür, dass immer nur gewisse Betriebe zu vorgegebenen Zeiten ihre Heurigen geöffnet haben durften.

Ausgesteckt ist! So hieß es dann, und ein Kranz mit bunten Bändern sowie eine Laterne am Eingang zeugten von der Öffnung des Lokales.

In einer kleinen Pension im aufgelassenen Weingarten gelegen, quartierte er sich ein. Die Besitzerin, eine etwas in die Jahre gekommene zierliche Frau, servierte ihm zur Begrüßung einen Spritzwein samt Selchfleischbrot mit frisch geriebenen Kren. Sie saßen auf einer Holzbank im Schatten eines mächtigen Obstbaumes.

»Was treibt einen Grazer ausgerechnet nach Sooß?«

»Ich hatte geschäftlich in Wien zu tun, jetzt will ich mir einige Tage der Ruhe gönnen. Ich denke, hier ist der richtige Ort dafür, kein Stress, kein Lärm, nette Leute wie Sie, liebe Frau Kaiser und ein wahrhaft lieblicher Ort.«

Über das faltige Gesicht von Frau Kaiser huschte eine feine Röte der Verlegenheit ob des Komplimentes.

»Jaja. Wir leben in einem Paradies. Früher kannte man sich hier untereinander, jetzt ist es leider nicht mehr so. In den Weingärten und in den Betrieben arbeiten immer mehr Ausländer. Die sitzen dann abends zusammen irgendwo herum, ich mag das nicht so gerne. Immer wieder hört man von Übergriffen dieser jungen Flüchtlinge auf Frauen. Manchmal habe ich Angst, ich bin schließlich alleinstehend, ohne Mann.«

Thurn wollte sich nicht vorstellen, dass junge Männer sich an einer alten Frau vergriffen, dennoch konnte er die Sorgen der alten Damen gut verstehen. Sie war allein. Nicht immer waren Gäste im Haus. Fremde im Ort waren alten Menschen seit jeher suspekt erschienen.

»Was sind das für Leute? Nur junge Männer oder auch Frauen? Wissen Sie, woher die kommen? Wahrscheinlich Asylwerber aus den üblichen Fluchtländern. Sind auch Schwarzafrikaner dabei?«

Die Frau sah ihn zweifelnd an.

»Was Sie alles wissen wollen, Herr Fritz. Sind sie etwa von der Polizei?«

Vorsicht, Fritz, du bist nicht in einer Vernehmung, lass es langsamer angehen.

»Aber nein, Frau Kaiser, keinesfalls. Ich dachte nur Sie wollen darüber reden. Im Grunde ist mir egal, wer hier im Ort arbeitet oder wohnt. Jedenfalls brauchen Sie jetzt keine Angst zu haben, Sie haben mit mir einen Gast, der aufpasst. Das Selchfleischbrot ist das beste, was ich seit Langem gegessen habe.«

»Der Speck ist von meinem Nachbarn, der füttert neben dem Weinbau noch zwei Schweinderl, die laufen das ganze Jahr im Freien herum, das macht ihr Fleisch schmackhaft.«

Sie schenkte ihm Spritzwein nach.

»Noch einmal zu Ihrer Frage. Bei den Weinbauern arbeiten fast nur junge Araber, das habe ich gehört. Keine Schwarzen. Auch keine Frauen. Ich kenne nur eine Frau, die wie eine Ausländerin ausschaut. Sie ist seit drei Wochen Arzthelferin beim Doktor Slawinitschek, eine nette Dame.

Die ist aber keine richtige Ausländerin, die kann perfekt unsere Sprache und ist so hilfsbereit. Da hat der Herr Doktor wirklich einen guten Griff gemacht.«

Thurn durchfuhr es wie ein leichter Stromschlag. Das konnte sie sein! Möglich, dass Basima ihm Rahmen des Programmes diese Stelle zugeordnet worden war. Sollte er sie so schnell ausfindig gemacht haben?

Jetzt musste er vorsichtig sein, noch eine Frage und Frau Kaiser wäre wieder misstrauisch. Er wechselte das Thema, trank genüsslich den Wein aus und brach danach zu einem Spaziergang auf. Die gemütlichen Gastgärten der Heurigen füllten sich langsam. Bis zum späten Nachmittag würden alle Plätze vergeben sein. Neben Urlaubern und Kurgästen aus den nahen Anstalten Bad Vöslau und Baden nützten auch sehr viele Menschen aus der Bundeshauptstadt die liebliche Landschaft, die gute Jause und den hervorragenden Wein für eine gemütliche Ausflugsfahrt.

Auf seiner Wanderung kam er an der Ordination Dr. Slawinitschek vorbei, die bereits geschlossen hatte. Ein Messingschild am Eingang kündigte die Öffnungszeiten an. Morgen würde der Herr Doktor ab acht Uhr wieder für seine Patienten da sein.

Bei seinem dritten Glas Wein, es war mittlerweile dunkel geworden, kamen Thurn plötzlich Zweifel an seiner Entscheidung. Was war ihm eingefallen? Auf eigene Rechnung im Urlaub zu recherchieren, ohne Rückendeckung der Amtsgewalt außerhalb polizeilicher Vorschriften? Im ungünstigsten Fall konnte dies arge Folgen haben, sein leitender Posten konnte ihm genommen werden, ein Disziplinarverfahren war noch der geringere Teil der Unannehmlichkeiten, die die Dienstbehörde für ihn bereithielt. Er bestellte noch einen Krug spritzigen Veltliner, holte sich an der Theke ein halbes Brathuhn und verdrängte mit den Köstlichkeiten die dunklen Gedanken. Bereits in erheblich weinseliger Stimmung dachte an die anmutige Schönheit von Basima.

Alter Depp, du hast dich verliebt, in dir ist die Liebe entbrannt, und das auf deine alten Tage.

Obwohl er die Worte nur geflüstert hatte, die elegante blonde Dame am Nebentisch schien sie gehört zu haben, zumal sie ihm amüsiert lächelnd zuprostete.

In dieser Nacht träumte Oberst Fritz Thurn, leitender Ermittler der Mordkommission Graz auf Abwegen, von Basima El Din. Inmitten eines duftenden Rosengartens lagen sie sich nackt in den Armen, seine Fingerspitzen glitten über ihre bronzene Haut, liebkosten ihre wie reife Brombeeren geformten Brustwarzen. Seine Lippen fanden ihren vollen Mund zu einem unendlich zärtlichen Kuss. Leider nur ein Traum.

22

Das frühe Licht der aufgehenden Sonne durchflutete das einfache Zimmer.

Blinzelnd suchte er nach seiner Armbanduhr, die er abends abgelegt hatte. Sechs Uhr.

Fritz Thurn richtete sich mühsam auf. Ein böser Stich fuhr durch seinen Kopf. Der Alkohol des Abends forderte seinen Tribut am Morgen. Katerstimmung hatte ihn ergriffen.

Leise fluchend eilte er zur Toilette, danach unter den satten eiskalten Strahl der einfachen Dusche. Er ließ das Wasser rinnen, bis ihn fröstelte. Das ausgewaschene grobe Badetuch bewirkte eine wohltuende Massage und weckte erste Lebensgeister.

Frau Kaiser hatte auf der Terrasse für das Frühstück gedeckt. Eine kleine Platte mit Schinken, Käse, Butter, Tomatenscheiben und Paprikastreifen. Frische, noch warme Semmeln, ein weich gekochtes Ei und herrlich duftender Kaffee ergänzten die Köstlichkeiten.

»Sie sind aber lange unter der Dusche gestanden Herr Fritz. Zu viel des guten *Blaufränkischen* erwischt?«

Der kommt auch nichts aus, die hat alles im Blick, dachte Thurn grimmig.

»Ich dusche immer lange, das fördert den Kreislauf, Frau Kaiser. Zu Ihrer Beruhigung kann ich sagen, ich habe gestern nur Traubensaft zu mir genommen.«

Zweifelnd betrachtete sie den mit Appetit essenden Gast.

»Na ja, ist ja auch egal. Hauptsache das Frühstück schmeckt uns. Ich gehe jetzt mit meiner Freundin wandern. Jeden Morgen machen wir unsere Runde durch die Weingärten. Lassen Sie das Geschirr einfach stehen, ich bin bald wieder zurück. Einen schönen Tag. Was haben Sie heute vor, Herr Fritz?«

»Ich weiß nicht, ich lasse den Tag einfach kommen, dann wird man sehen.«

Obwohl die Praxis noch nicht geöffnet hatte, standen bereits einige ältere Menschen vor der Tür und unterhielten sich angeregt über die verschiedenen Unpässlichkeiten.

Der Oberst hatte sich auf der gegenüberliegenden Seite der von Bäumen gesäumten Straße auf eine Bank niedergelassen.

Brille und Baseballmütze hatten sein Aussehen verändert, sodass er nicht sofort zu erkennen war. Ein dunkler Audi hielt am Rand des Bürgersteiges. Thurn erkannte sofort das zivile Dienstfahrzeug. Am Steuer saß eine Frau, ihr schwarzes Haar hatte sie zu einem kurzen Männerschnitt getrimmt, etwa vierzig Jahre alt, trainiert, konzentriert.

Spezialagentin des BKA, dachte Fritz.

Der junge Mann am Beifahrersitz trug eine Kappe, wie sie coole Rapper verwenden, dazu eine ausgeflippte Brille und ein helles T-Shirt.

Adil El Din war kaum zu erkennen. Der Junge hatte sich stark verändert, vorwiegend was seine Kleidung betraf.

Auf dem Rücksitz nahm Basima El Din ihre Tochter Amira in den Arm. Thurn hätte das Mädchen nicht wiedererkannt. Sie hatte sich das Haar blond gefärbt, trug es zu einem langen Zopf geflochten, der vorne über die Schulter fiel. Eine lässige Pilotenbrille sowie etwas Schmuck und ein buntes Sommerkleid hatten aus ihr ein Mädchen gemacht, wie sie zu Hunderten in den Schulen zu sehen sind.

Als Basima El Din ausstieg, verspürte der Oberst ein leichtes Kribbeln. Waren da Schmetterlinge in seinem Bauch?

Sie sah bezaubernd aus. Das ehemals lange schwarze Haar trug sie jetzt kürzer zu einem Pagenschnitt geformt. Die Farbe hatte man in ein matt glänzendes kastanienbraun verändert. Die elegante Hornbrille gab ihr einen Schein von Intellektualität, ein leichtes Sommerkostüm unterstrich die weibliche Eleganz.

Im Vorbeigehen strich sie ihrem Sohn durch das offene Seitenfenster über die Wange, lächelte, ging auf die wartenden Menschen zu, grüßte freundlich und schloss die Tür der Praxis auf.

Der Audi nahm Fahrt auf, wendete vorne an der Bushaltestelle und rollte langsam an Thurn vorbei. Die Frau am Steuer hatte ihn wahrgenommen, kurz gemustert und dann Gas gegeben.

Er hätte zu gerne gewusst, wohin sie die Kinder brachte. Vermutlich in eine Schule, aber wo?

Er würde es noch früh genug erfahren. Hinter ihm öffnete das kleine Café seine Pforten.

Tony, der allseits beliebte Betreiber, stellte die kleinen Tische und Stühle im Freien in die richtige Position, legte dünne Kissen darauf, grüßte jeden, der vorüberging und verschwand wieder in seinem Lokal.

Fritz Thurn erhob sich und strebte dem Café zu. Er bestellte einen Cappuccino, dazu ein Wasser und eine Tageszeitung.

Nach zwei Stunden begann sich die Praxis zu leeren. Er erhob sich, schlenderte über die Straße und betrat den Warteraum.

Hinter dem Empfangstresen saß eine jüngere Frau mit blondem Pferdeschwanz.

»Guten Tag, wie können wir helfen? Haben Sie Ihre E-Card dabei.«

»Habe ich hier. Bitte sehr. Ich hätte gerne den Arzt gesprochen, eine Bronchitis quält mich seit einigen Tagen.«

»Bitte nehmen Sie Platz, ich rufe Sie auf.«

Auf den einfachen Stühlen saßen drei Damen, angeregt in ein Gespräch betreffend die Enkelkinder vertieft. Er nickte ihnen zu, schnappte sich ein Magazin und wartete.

Wo war Basima? Hatte er sie verpasst, war sie bereits wieder weggegangen?

»Herr Thurn, bitte in Zimmer 2.«

Der helle Raum war typisch für ein Ärztezimmer. An der Wand stand eine Liege, daneben ein Ständer für einen Tropf. Eine schmale Kommode enthielt Dosen, Schachteln, kleine Säcke mit Spritzen und Verbandsmaterial. Er setzte sich auf den einzigen freien Stuhl, sein Herzschlag hatte sich erhöht.

»Guten Tag. Machen Sie bitte Ihren Oberkörper frei, der Herr Doktor wird Sie abhören.«

Basima!

Sie war durch die Tür in seinem Rücken eingetreten.

Langsam drehte er sich um, sie stand nun direkt vor ihm.

Erschrocken fuhr ihre Hand zum Mund, in ihren schönen Augen leuchtete die Erkenntnis.

Sie begriff sofort, dass er nicht erkannt werden wollte.

»Was sind Ihre Beschwerden, Herr Thurn, Thurn, das war doch Ihr Name?«

»Fritz Thurn, ja. In den letzten Tagen hatte ich leichten Husten und immer wieder etwas Halsschmerzen. Ich wollte zur Sicherheit den Arzt nachsehen lassen, ich glaube, es ist nur eine leichte Erkältung.«

»Wie ein kranker Mann, sehen Sie nicht aus. Guten Tag, mein Name ist Slawinitschek. Na, dann schauen wir uns das einmal an. Tief einatmen, anhalten …, ausatmen.«

Der Arzt, ein Bär von einem Mann mit Vollbart, horchte den Rücken ab, klopfte und horchte wieder.

»Sie können beruhigt sein, ich kann nichts feststellen, sie haben sich durch eine Zugluft erkältet. Beim Heurigen muss man aufpassen, in den Gärten zieht es manchmal. Immer einen Pullover dabei haben Herr Thurn. Frau Dr. Kalgary wird Ihnen etwas aufschreiben. Das wär's dann. Alles Gute auf Wiedersehen.«

Weg war er wieder, der gute Doktor.

Basima und er waren allein, sie schloss die Tür.

»Was machen Sie hier? Wie haben Sie uns gefunden? Sind Sie dienstlich hier?«

Sie hatte geflüstert, war ebenso aufgeregt wie er.

»Kalgary ist das Ihr neuer Name?«

»Sarina Kalgary, Doktor der Medizin aus Moldawien, das bin ich jetzt, ja.«

»Ich bin nicht dienstlich hier, habe mir Urlaub genommen, weil ich glaube, dass Sie meine Hilfe brauchen können. Können wir uns irgendwo treffen?«

»Ihre Hilfe? Warum denken Sie das? Wir müssen hier einige Zeit bleiben, beschützt von einer Beamtin, die meine Kinder zur Schule fährt und immer in unserer Nähe ist.«

»Ich möchte Sie nicht beunruhigen. Es war nur so ein Gefühl von mir, damals in Tirol, als wir uns verabschiedet haben, erinnern Sie sich?«

Sie sah in mit ihren großen Augen an, lächelte.

»Natürlich erinnere ich mich. Ich habe oft an Sie gedacht. Sie sind ein Mann, der angenehme Ruhe ausstrahlt, der erste Mensch, dem ich seit langer Zeit vertraue, ich freue mich, dass Sie da sind. In einer Stunde bin ich hier fertig. Danach gehe ich hinter den Häusern gerne ein Stück durch die Weinreben. Bis mich gegen drei Uhr Sonja abholt, das ist die Polizistin. Wir hätten also Zeit für ein Gespräch. Hier ist Ihr Rezept. Ich muss jetzt los.«

Sie gab ihm den Zettel, beugte sich vor und hauchte einen Kuss auf seine Wange.

Es war Mittagszeit.

Die Glocken der Kirche zur Heiligen Anna läuteten. Ihren hellen Klang trug leichter Ostwind über die Weingärten. Thurn konnte die spätgotische Chorturmkirche aus dem 15. Jahrhundert in der Ferne erkennen. Frei stehend, auf einem Feld im Norden des Weinortes, bot das alte Bauwerk einen imposanten Anblick. Er setzte sich auf eine Bank, mitten in den akkurat angeordneten Weinrieden, die bereits schwer an der Last noch grüner Trauben zu tragen hatten.

In zwei bis drei Monaten war Erntezeit eine harte Arbeit für die Weinbauern, die für den vorzüglichen Wein in der *Thermenregion* verantwortlich zeichneten.

Herzhafte Rotweine wie *Blauer Portugieser, Blauburgunder* oder *Zweigelt* sowie spritzige Weißweine der Sorten *Grüner Veltliner* und verschiedene Rieslinge zeichnen die Region aus.

»Hier lässt es sich gemütlich träumen, die Ruhe ist himmlisch.«

Fritz Thurn fuhr erschrocken hoch, neben ihm saß Basima in der Sonne.

Er musste eingenickt sein.

»Sie haben mich erschreckt, haben Sie sich angeschlichen, ich habe nichts gemerkt.«

»Wenn Menschen so gut schlafen, dass sie leicht schnarchen, merken sie in der Regel nicht, was in ihrer Umgebung vor sich geht«, sagte Basima lachend.

Verlegen blickte der Oberst in ihre Augen.

»Ich habe geschnarcht? Das mache ich eigentlich sonst nie, zumindest habe ich es nicht bemerkt. Weil ich immer alleine schlafe, hat mir das auch noch niemand gesagt.«

So, das hätten wir der Dame einmal klargemacht. Wir sind alleinstehend.

Er schob seine Sonnenbrille auf die Stirn, zog die Virginia Packung aus der Tasche und holte eine halbe Zigarre hervor.

»Sie gestatten, dass ich rauche?«

»Natürlich. Im Freien kann man nichts dagegen einwenden. Ich rieche den Rauch von Zigarren eigentlich gerne, obwohl ich als Ärztin auf die gesundheitlichen Schäden hinweisen darf.«

Sie hatte einen Zeigefinger erhoben, als wolle sie den Ermittler maßregeln.

»Ich paffe nur. Kein Lungenzug. Wäre auch nicht ratsam bei diesem Kraut.«

Beide lachten über seine Bemerkung.

»Wenn ich ehrlich bin, haben Sie mich in der Praxis überrascht, nein, geschockt ist zutreffender. Ich hätte niemals geglaubt, dass wir uns je wiedersehen würden. Umso größer ist meine Freude.

Sie können nicht wissen, wie einsam ich in dieser Gegend bin. Hätte ich nicht zum Glück die Arbeit in der Praxis annehmen dürfen, ich wüsste nicht, wie ich den Tag verbringen sollte.«

»Genau das war der Grund, warum ich Sie gesucht habe. Nach unserer letzten Zusammenkunft befiel mich ein Gefühl, es ist schwer zu beschreiben. Ihre Kinder und Sie taten mir leid, ich wusste, was auf Euch zukommen würde. Die Identität zu verlieren, nachdem man bereits die Heimat verloren hat, ist das Schlimmste, was einem Menschen passieren kann. Ich weiß, wie unsere Behörden mit Menschen wie Ihr es seid umgehen. Ihr werdet aufgenommen, registriert, nummeriert und letztlich irgendwo hin verfrachtet. Meist in ein Heim, eine Unterkunft für Asylanten oder schlimmstenfalls abgeschoben.

Bei Euch liegt die Sache allerdings völlig anders. Es besteht aus der Sicht der *DSN* eine erhebliche Gefährdung von Leib und Leben. Euch gab man neue Namen, neue Pässe und einen neuen, geheimen Aufenthaltsort. So etwas macht man normalerweise zum Schutz von Zeugen, die gegen eine Person oder eine kriminelle Organisation vor Gericht aussagen wollen und deren Leben daher bedroht ist. Menschen die man zum Schweigen bringen will, um deren Aussage zu verhindern.

Können Sie mich aufklären, warum Ihre kleine Familie in derart großer Gefahr schwebt? Was ist der Grund? Wozu diese Geheimniskrämerei? Ich will Ihnen und den Kids helfen, das kann ich nur, wenn wir offen miteinander reden.«

Basima lächelte ob der Aufregung, die den Oberst eine frische Röte ins Gesicht getrieben hatte.

»Ein Vorschlag zuerst. Sollten wir uns nicht duzen? Es spricht sich viel einfacher, finden Sie nicht auch?«

Leichte Steigerung der Röte auf des Obersts Wangen.

Warum macht mich diese Frau so verlegen, komme mir vor wie bei meinem ersten Date.

»Ich bin der Fritz, das wissen Sie...,weißt du bereits. Mir gefällt der Name nicht, habe ihn mir nicht ausgesucht.«

»Basima, auch bekannt, nicht wahr? Mir gefällt mein Name, würde er mir nicht gefallen, hätte ich ihn trotzdem.«

Spontan brachen beide in schallendes Gelächter aus, was einige Singvögel dazu bewog, die Flucht aus den Rieden anzutreten.

»Wir bräuchten jetzt ein Glas Wein. Bei uns gilt der Brauch, auf das *Du-Wort* anzustoßen. Danach gibt man sich ein Busserl.«

»Wein haben wir nicht, aber ein Busserl darf nicht das Problem sein.«

Basima beugte sich zu ihm, ihre Lippen fanden sich zu einem Hauch von Kuss.

Sie blickte tief in seine Augen, er legte den Arm um ihre Schultern, zog sie behutsam an sich. Ihre Herzen schlugen im Gleichklang, zwei einsame Seelen hatten einander gefunden.

»Basima, was machst du mit mir? So viele Jahre kenne ich dieses Gefühl nicht mehr. Du wirst enttäuscht sein. Ich bin kein reicher Mann, auch kein erfahrener Liebhaber, nur ein einfacher Kerl, der schon viel zu lange keine Frau gehabt hat. Der immer gearbeitet hat, Verbrecher gejagt hat, sich zurückgezogen hat.«

»Psst, Fritz. Denke nicht nach, genieße den Augenblick.«

23

Das weitläufige Gelände des islamischen Zentrums in Wien war der sengenden Mittagshitze gnadenlos ausgesetzt.

Das traditionelle Freitagsgebet unter der imposanten grünen Koppel der einzigen Moschee in der Weltstadt Wien hatte gerade begonnen.

Auf einer Bank abseits des 32 Meter hohen Minaretts saß ein Mann, der seinen Kopf mit einem breiten Strohhut vor den unerbittlichen Strahlen schützte. Eine dunkle Sonnenbrille verdeckte zwei kalte Augen, die konzentriert das Umfeld beobachteten.

Wladimir Kuchanko blickte auf seine *Smartwatch*, es war vierzehn Uhr vorbei. Das Gebet würde in vierzig Minuten zu Ende sein. Er erhob sich, um durch das gepflegte parkähnliche Gelände zu spazieren. Seit zwei Wochen bestand sein Tagesverlauf aus demselben Rhythmus. Beobachten und abwarten. Bis gestern war er täglich am Flughafen Wien-Schwechat gewesen, hatte die Ankünfte aller Flüge überwacht, die Passagiere betrachtet und seine Geduld einer harten Probe unterzogen.

Vor vierundzwanzig Stunden war es endlich passiert. Saddam Balany, Intimus des Baschnar El Din, war mit dem AUA-Flug aus Kairo in Wien eingetroffen. Im ersten Moment hatte er den Mann nicht erkannt. Bei ihrem letzten Treffen in Damaskus hatte Balany den traditionellen *Darabun*, einen weißen Muslim Kaftan getragen. Diesmal hatte er einen modischen hellgrauen Anzug, ein hellblaues Hemd mit gestreifter Krawatte und elegante italienische Schuhe gewählt. Aus der Ferne hatte Kuchanko beobachtet, dass sich der Araber mit einem israelischen Diplomatenpass auswies. Kuchanko musste unwillkürlich lächeln ob der Frechheit dieser Aktion. Wie auch immer, ein Diplomat aus Israel verschaffte sich leichter Zugang zu diversen Einrichtungen als ein Mann einfacher Abstammung.

Er war Saddam Balany in die Stadt gefolgt, hatte ihn beobachtet, wie er in einem gehobenen Hotel der City eincheckte und sich dann in seinem Wagen auf die Lauer gelegt.

Erst am darauffolgenden Morgen verließ der Araber das Hotel. Sein erster Weg führte ihn in die Herrengasse, dort traf er sich mit einer Dame vor dem Ministerium des Inneren. Sie wechselten einige Worte und gingen weiter zur Freyung, wo sie in einem bekannten Innenstadtcafé Platz nahmen. Dem Aussehen nach war die Dame arabischer Abstammung. Die beiden unterhielten sich angeregt. Kuchanko hatte den Nachbartisch gewählt. Eine Tageszeitung studierend versuchte er angestrengt der Unterhaltung zu folgen, was nur bedingt möglich war.

Der Name Basima fiel mehrmals, ebenso ein österreichischer Name, er konnte diesen nicht genau aufnehmen, hatte jedoch den sicheren Eindruck, dass über die Familie des Baschnar El Din gesprochen wurde. Nach zwei Stunden verabschiedeten sich die beiden. Balany hatte der Dame ein Kuvert gereicht, welches sie schnell in der Handtasche verschwinden ließ.

Judasgeld! Die hat dem Schweinehund wichtige Informationen verkauft, dachte Kuchanko.

Mir soll es recht sein, ich werde an dir kleben wie eine Klette, mein lieber Saddam.

Der Araber war in sein Hotel zurückgegangen und um dreizehn Uhr mit einem Taxi zur Moschee gefahren, wo er das für jeden streng gläubigen Moslem verpflichtende Freitagsgebet vollzog.

An einem Stand in der Nähe erwarb Kuchanko einen Döner Kebab dazu eine Dose Bier.

Er wusste, dass er in Ruhe essen konnte, zumal kein Moslem dieser Welt das Freitagsgebet vorzeitig verlassen würde. Es sei denn, er wurde dazu gezwungen, was aber in diesem Fall nicht anzunehmen war.

Die Masse der aus der Moschee strömenden Gläubigen trug Kaftan, ausgenommen die Jugendlichen, sie bevorzugten T-Shirts und Jeans. Einige Geschäftsleute in Sommeranzügen und Saddam Balany im grauen *Armani* bevölkerten den Vorplatz.

In kleinen Gruppen wurde lautstark diskutiert. Man hörte alle möglichen arabischen Dialekte, aber kein einziges deutsches Wort. Hier war man in der islamischen Welt angekommen, mitten in Wien. Schön, dass es so etwas gab, eine Bereicherung für jede weltoffene Stadt.

Langsam lösten sich die Gruppen auf, Saddam unterhielt sich mit zwei jungen Männern. Kuchankos geschultes Auge erkannte sofort die Kämpfer in ihnen. Diese beiden Kerle waren ausgebildete Soldaten oder Söldner oder wie immer man sie bezeichnen wollte. Durchtrainiert mit geschmeidigen Bewegungen und dem Blick für das Umfeld ausgestattet, war dies unübersehbar, wenigstens für einen Mann, wie er einer war.

Die drei verschwanden im Durchgang eines Lagerhauses. Kuchanko konnte nicht folgen, es wäre zu auffällig gewesen. An diesem Nachmittag verlor er den Anschluss.

Fluchend zog er sich zurück. Er konnte nur hoffen, dass Saddam irgendwann wieder ins Hotel zurückkehren würde.

Am späten Abend war es soweit.

Der Wagen mit den beiden Kämpfern hielt direkt vor dem Hotelportal. Saddam, in Begleitung eines weiteren jungen Arabers, verließ den Wagen und verschwand mit dem Mann in der Hotellobby. Wer war der Junge? Wo war Saddam Balany die letzten Stunden gewesen?

Kuchanko vertrieb die Gedanken, Hauptsache, er war dem Kerl wieder auf den Fersen.

Die beiden Männer hatten es sich im Foyer bequem gemacht, ein Hotelboy servierte kleine Häppchen und Tee. Sie unterhielten sich angeregt.

Kuchanko sah zwei Möglichkeiten.

Er konnte sich Saddam Balany zu erkennen geben, ihm seine Hilfe anbieten. In diesem Fall musste er ihn nach erfolgreicher Durchführung töten. Es durfte keine Zeugen geben, diesen Befehl des Oligarchen hatte die Wanze Potin ausdrücklich hervorgehoben.

Er entschied sich vorerst für die zweite Version, die Männer zu überwachen. Sie würden ihn irgendwann in die Nähe der abtrünnigen Ärztin führen, dann konnte er immer noch bestimmen, ob Variante eins zu ziehen wäre.

Enden würden beide Möglichkeiten für Saddam Balany tödlich, so viel stand fest.

Kuchanko checkte im selben Stockwerk ein, nach der letzten Nacht im Auto sehnte er sich nach einem ordentlichen Bett.

Er durfte die Araber keine Sekunde aus den Augen verlieren.

24

Uwe Klein erwachte mit einem fürchterlichen Brummschädel.

Zu viel Bier, zu viel Lärm, fabriziert von den Saufkumpanen und kaum Schlaf. Die Erkenntnis aus dem erlauschten Gespräch seiner Gangmitglieder hatte ihn wach gehalten.

Die Angelegenheit passte absolut nicht in seine Pläne. Im Gegenteil, etwas war aus dem Ruder gelaufen. Ja, er hatte sich mit diesen verkommenen Typen eingelassen, hatte ihnen seine Idee der *Freimark zu Wolkenstein* vorgegaukelt und die naiven Idioten zu Protest und Verhetzung aufgeschaukelt. In Wahrheit diente alles nur dazu, mögliche Wählerschichten aus einem nicht zu unterschätzenden Teil der Bevölkerung zu gewinnen.

So war es in der neu gegründeten Partei abgesprochen worden.

Er sollte diese Arbeit übernehmen. Keiner der im Licht der Öffentlichkeit stehenden Parteigründer wollte diese *Drecksarbeit* machen. Er sollte dafür belohnt werden, nach geschlagener Wahl.

Er war überzeugt, über den Weg des Bürgerprotestes Eingang in diese, seine bevorzugte rechte Partei zu finden und eine erfolgreiche politische Karriere zu starten. Sein Traum war ein Mandat im Bundesrat, vielleicht gar im Nationalrat. Zu diesem Zweck hatte er bereits vor zwei Jahren die österreichische Staatsbürgerschaft beantragt. Nun aber sah er diese Felle davonschwimmen.

Es sei denn, er ging den konsequenten Weg, einen Kurs, der seit einigen Stunden durch seinen schweren Kopf geisterte. Er öffnete die Packung Schmerztabletten, schob sich drei Stück in den Mund, spülte mit Tee nach.

»Direktion für Staatsschutz und Nachrichtendienst, was ist Ihr Anliegen?«

Uwe Klein schluckte, drückte die rote Taste und warf das Handy auf den Tisch.

Nein! Ich kann das nicht, dachte er verzweifelt. Schweiß war ihm ausgebrochen. Er starrte auf das Telefon. Panik überkam ihn.

Er hatte vergessen, seine Nummer zu unterdrücken, jetzt war es zu spät, sie würden wissen, dass er angerufen hatte.

Er musste diesen Weg gehen, ob er nun wollte oder nicht.

»Direktion für Staatsschutz und Nachrichtendienst, was ist Ihr Anliegen?«

»Ja, hallo, ich möchte Kroll sprechen, Tobias Kroll.«

»Wenn darf ich melden?«

Uwe Klein zögerte.

»Hallo! Sie müssen mir sagen, wer Sie sind.«

»Mein Name ist Klein, Uwe Klein. Kroll kennt mich.«

»Einen Moment, ich verbinde.«

Erneut traten Schweißperlen auf seine Stirn, suchten sich einen Weg über das blasse Gesicht.

»Klein! Das ist schon mal eine Überraschung am frühen Morgen, was liegt an?«

»Ja, Kroll, ich kann mir denken, dass Sie damit nicht gerechnet haben, ich muss Sie sprechen, so bald als möglich, wann können wir uns treffen?«

»Wo sind Sie denn?«

»Daheim in meiner Wohnung, dort, wo Sie letztens mit dem Mann von der Kripo waren.«

»Worum geht es? Ein paar Stichworte bitte.«

»Nicht am Telefon, Sie müssen schon bei mir vorbeikommen, es ist wichtig.«

»Geht es um Sie persönlich oder ist es ein anderes Problem?«

»Ich sagte schon nicht am Telefon. Nur so viel, mein Wissen könnte eine alte Geschichte endlich aufklären. Und Kroll …,bringen Sie den alten Oberst mit, es könnte ihn interessieren.«

Kurz war es still in der Leitung, der Mann vom DSN schien zu überlegen.

»Also gut, Klein. Ich komme heute gegen sechzehn Uhr bei Ihnen vorbei, seien Sie da, ich habe nicht viel Zeit, okay?«

»Passt!«

Uwe Klein hatte aufgelegt, froh, das Gespräch beenden zu können.

Über dem steirischen Ennstal braute sich ein Gewitter zusammen. Aus Richtung Salzkammergut zogen schwere schwarze Wolken heran.

Tobias Kroll schaute besorgt zum Himmel. Er läutete an der Tür, Klein öffnete sofort.

»Da bin ich. Darf ich den Wagen im Carport abstellen? Es könnte Hagel geben.«

»Ja, ja, machen Sie nur, damit der schöne BMW keine Dellen bekommt.«

Die Männer, die unterschiedlicher nicht hätten sein können, saßen sich im kleinen Wohnraum gegenüber. Klein stellte zwei Tassen Kaffee auf den runden Glastisch. Noch herrschte betretenes Schweigen. Der Ermittler betrachtete die Bilder von verschiedenen Plätzen der *Route 66* in den USA, Klein tat so, als müsse er den Platz um die Kaffeemaschine besonders intensiv reinigen.

»Setzen Sie sich schon, ich habe nicht alle Zeit der Welt, muss heute noch zurück nach Wien. Den Oberst habe ich nicht erreicht.«

Klein schnappte sich einen Hocker, nahm einen Schluck Kaffee, fluchte, weil er sich die Zunge verbrannt hatte.

»Ich nehme das Gespräch auf, ist notwendig, unterliegt der Geheimhaltung. Für Sie okay?«

»Tun Sie, was sein muss, ich kann es nicht ändern. Ich habe mich entschlossen, diese Story zu erzählen, jetzt muss ich da durch. Schnell und schmerzlos.«

»Na dann beginnen wir«, sagte Kroll.

Er legte ein kleines Aufnahmegerät auf den Tisch.

»Ich fange einmal mit gestern an. Wir hatten eine Besprechung in unserem Clublokal, es wurde getrunken und zu später Stunde legten sich einige Mitglieder zum Schlafen hin. Ich machte mich mit dem Fahrrad auf den Weg nach Hause. Bevor ich wegfuhr, wurde ich ungewollt Zeuge eines Gespräches zweier Freunde, die sich beim Pinkeln unterhielten. Ich versuche das Gespräch so gut als möglich detailgenau zu wiederholen.

Wenn der Uwe wüsste, dass wir seine Knarre für einen guten Zweck verwendet haben, würde er nicht schlecht staunen, was meinst du?

Er würde uns hochleben lassen, glaube mir. Eines Tages werde ich es ihm erzählen.

Bist du verrückt! Möchtest du in den Knast? Lass das schön bleiben, das ist unser kleines Geheimnis verstanden.

Er soll wissen, dass wir dieses islamische Gesindel um die Ecke gebracht haben. Schon über zwei Jahre her, Wahnsinn, wie die Zeit vergeht.

Ja, manchmal sehe ich die dunkle Tussi noch vor mir, der hätte ich es gerne einmal besorgt, war ein steiler Zahn. Den Professor hat es auch erwischt. So kann es einem Gutmenschen ergehen, nicht wahr? Darauf trinken wir noch einen, komm, lass uns reingehen.

Das waren die Worte der beiden Männer. Ich habe mich nicht zu erkennen gegeben, bin mit dem Rad heimgefahren und habe Sie heute angerufen. Das ist alles.«

Tobias Kroll schaltete das Gerät ab. Die Überraschung stand ihm ins Gesicht geschrieben.

»Wenn das so stimmt und ich nehme an Sie wissen, was es bedeuten würde, wenn Sie sich die Geschichte aus den Fingern gesogen hätten, dann ist das ein Hammer. Dieser Dialog zeugt eindeutig davon, dass die Männer die *Bergwald-Morde* begangen haben. Mit ihrer Waffe sagten Sie? Oder wie verstehe ich das?«

Klein hatte die Finger seiner Hände ineinander verzahnt, streckte die Arme aus, holte sie wieder ein, es knackte in den Fingergelenken.

»Es muss sich um die *HK 416* handeln. Ich habe diese seinerzeit von einem Kumpel erworben, der sie aus dem Bestand gestohlen hatte. Ich war beim Diebstahl nicht dabei!«

»Dafür werden sie sich vor den deutschen Gerichten verantworten müssen. Für die illegale Einfuhr und den Besitz bei uns wird sich unsere Staatsanwaltschaft interessieren, das ist Aufgabe der Kripo. Überhaupt ist für den Fall die Kriminalpolizei zuständig, es sind deren Ermittlungen.

Wo haben Sie die Waffe aufbewahrt?«

»In einem Versteck, eine Höhle in den Bergen. Dort müsste sie noch immer sein, vorausgesetzt die Burschen haben sie dorthin zurückgebracht. Ich habe dies seit dieser Zeit nicht nachgeprüft.«

»Was hatten Sie mit der Waffe vor? Warum haben Sie diese eingeführt und versteckt. Sollte die in irgendeiner Weise Verwendung finden?«

»Dazu möchte ich nichts sagen.«

»Na gut. Wo befinden sich die beiden Männer? Ihre Namen, ihre Adressen. Ich brauche diese Dinge sofort.«

Uwe Klein gab dem Ermittler alle Daten.

Er packte eine kleine Tasche mit Wäsche und Toilettenartikel. Er wusste, dass auch er in den nächsten Minuten von einer Polizeistreife abgeholt werden würde. Trotzdem fühlte er sich erleichtert. Man würde ihn in seinen Kreisen als Judas und Verräter hinstellen, es war ihm egal.

Eine schwere Bürde war von seinen Schultern genommen, eine Last, die er in Wahrheit schon längere Zeit nicht mehr tragen wollte.

25

Der Ausblick über See und Stadt war atemberaubend.

Zürich bei Nacht, ein Erlebnis von außergewöhnlicher Schönheit.

Im gediegenen Altbauhaus mit vier Wohnungen für Feriengäste, gelegen in einem kleinen Park, hatte Basima unter falschem Namen zwei Apartments gemietet.

Eines bewohnten die Kinder, das zweite nutzte sie zusammen mit Fritz Thurn.

Nicht, dass sie das Schlafzimmer geteilt hätten, noch nicht. Thurn schlief auf der ausziehbaren Couch im weitläufigen Wohnraum und benützte das externe Gästebad.

Die Anlage gehörte zu einer eidgenössischen Firmengruppe, die für die Exklusivität ihrer Immobilien bekannt war.

Es war später Abend, man hatte zusammen gegessen, danach waren die Kinder in ihr Apartment verschwunden. Basima und Fritz hatten es sich in Ruhestühlen auf der herrlichen Terrasse bequem gemacht.

»Ich träume, ja, es ist alles nur ein Traum, bald werde ich aufwachen und am Schreibtisch in Graz sitzen.«

Er hatte etwas zu viel vom köstlichen Rotwein getrunken, ein kleiner Schwips hatte von ihm Besitz ergriffen.

»Alles ist gut, mein Lieber. Es ist super gelaufen, zumindest bis jetzt. Wir müssen aufpassen, keine Fehler machen, in zwei Tagen ist alles vorbei. Dann suchen wir uns ein ruhiges Plätzchen, was meinst du?«

»Ruhiges Plätzchen? Wie stellst du dir das vor, Basima? In einer Woche ist mein Urlaub zu Ende, danach muss ich zurück. Meine Dienststelle ist ohnehin bereits nervös, weil niemand weiß, wo ich mich aufhalte. Im Amt ist der Teufel los, man hat einige Männer festgenommen, sie stehen im Verdacht, die Morde an Prof. Dullin und dem Bauern im Bergwald begangen zu haben. Zumindest einer von ihnen hat bereits ein Geständnis abgelegt. Die Kerle sind Mitglieder einer extrem gefährlichen Biker-Gang. Staatsverweigerer, fremdenfeindliche Chaoten, so etwas in dieser Richtung.

Außerdem suchen die Leute vom Staatsschutz dich und die Kinder. Tobias Kroll kennst du, er leitet eine eigens eingerichtete SOKO. Das war zu erwarten. Wann wirst du mir endlich erzählen, was dieser ganze Wirbel um deine Person soll?«

Basima griff nach seiner Hand. In Gedanken versunken strich sie zärtlich über die dichte Behaarung des Unterarmes. Ihre Nerven waren noch immer angespannt.

Der plötzliche Aufbruch, die Flucht quer durch Österreich, der Grenzübertritt in die Schweiz, das alles war beinahe zu viel für sie.

Es war ihre Idee gewesen.

Sie konnte ihn für ihr Vorhaben gewinnen, ihn einspannen für ein gewagtes Unterfangen.

Sinnliche Weiblichkeit, verzaubernde Schönheit, ein Fritz Thurn erblindet vor Liebe und nicht zuletzt ihre Überzeugungskraft hatten den Ausschlag gegeben.

Von ihrer kränklichen, in Liechtenstein lebenden Mutter hatte sie ihm erzählt. Von der Sorge um die Kinder, deren Fortbildung sie in Österreich nicht als gesichert ansah und schließlich von der Angst um ihren weiteren Lebensweg als Ärztin. All diese Dinge hatten dazu beigetragen, dass Fritz Thurn letztlich zugesagt hatte, ihr bei der Flucht in die Schweiz behilflich zu sein.

Als er an diesem Tag alleine in seinem Bett gelegen war, bereute er den Schritt bereits wieder, ihn zu ändern, kam aber nicht mehr infrage. Zu sehr war er dieser Frau erlegen, in sie verknallt.

Ich bin ihr hörig, dachte er. Was hat sie aus mir gemacht, dass ich mich überreden ließ, als Fluchthelfer zu fungieren? Es wird mich meinen Job kosten, sechs Jahre vor der Pensionierung werden sie mich rauswerfen.

Viele quälende Gedanken. Geister einer schlaflosen Nacht.

Am darauffolgenden Morgen saß er in Tonys Café, beobachtete Basima bei ihrem Gang in die Praxis und wäre liebend gern über die Straße geeilt, um sie in die Arme zu nehmen.

Die nächtlichen Quälgeister waren verflogen, entschwunden in den Weiten der Weinberge.

Der Plan war einfach.

Einmal die Woche fuhr Familie El Din in Begleitung der BKA-Aufpasserin nach Baden in einen riesigen Einkaufsmarkt. Basima hatte in ihrem Schlafzimmer heimlich eine Reisetasche gepackt und Fritz einen Schlüssel der Wohnung gegeben, um die Tasche während ihrer Abwesenheit zu holen.

Der Einkauf lief stets nach dem gleichen Schema ab. Man ging in die weitläufige Halle des Einkaufszentrums. Basima, Adil und Amira besuchten das kleine Bistro am Eingang zum Lebensmittelmarkt, während die BKA-Beamtin denselben durchwanderte, um Gefahrenquellen auszukundschaften.

War sie damit fertig, wurde gewechselt, die Familie schnappte sich einen Einkaufswagen, Sonja bezog ihren Beobachtungsposten im Café, von wo aus sie ihre Schützlinge gut im Auge hatte. Grob fahrlässig wurden hier Vorschriften umgangen, geschuldet der Personalknappheit bei der Polizei.

Fritz Thurn war von der Wohnung direkt zum Einkaufszentrum gefahren. Knapp neben dem Ausgang stellte er seinen Wagen ab.

Ab jetzt hieß es warten.

Der Einkaufswagen war prall gefüllt mit Lebensmitteln, Getränken und Haushaltsartikeln des täglichen Gebrauches. Basima schob das Gefährt im Schutze des letzten Regals langsam in Richtung der Kassen. Eine lange Menschenschlange hatte sich an der einzig geöffneten Kasse angesammelt. Die überlastete Kassiererin schwitzte, gab sich redlich Mühe, den Stau abzuarbeiten.

Werte Kunden, wir öffnen Kasse zwei für Sie!

Plötzlich Hektik. Einkaufswagen wurden hin und hergeschoben. Menschen schnauzten sich an. Stoßen und Drängen wie Basima es brauchte, um ungesehen an der Menschenmasse vorbei zu laufen. Der Einkaufswagen blieb einsam neben dem Regal zurück.

Sie hetzten durch die riesige Halle, sprangen in den Wagen.

Fritz Thurn gab Gas.

Entschwunden war die gesamte syrische Familie.

Sonja merkte schnell, dass etwas nicht stimmte. Hastig rannte sie in den Markt, sah den verwaisten Einkaufswagen, eilte auf den Parkplatz.

Zu spät.

Weder ihre Schützlinge noch ein Wagen.

Nichts.

Ihr lief es kalt über den Rücken, dachte sie an die Folgen dieser Aktion.

Fritz Thurn hatte bereits die Autobahn erreicht, als Sonja die Meldung zur Fahndung durchgab.

Kurz darauf lief die Suche. Aber wonach sollte man Ausschau halten? Es gab kein bekanntes Fahrzeug, kein Kennzeichen, keinerlei Hinweise.

Dass zwei andere Autos den Flüchtenden folgte, konnte weder die Polizei noch Thurn wissen.

Nach acht Stunden erreichten die Ausreißer die Grenze zur Schweiz.

Thurn zeigte den schweizerischen Grenzbeamten seinen Dienstausweis.

Eine Urlaubsreise mit der Familie an den Lago Maggiore sei der Grund der Reise, ließ er die Beamten gut gelaunt und lächelnd wissen.

Man wünschte dem Kollegen schöne Tage eine angenehme Reise.

Zwei Stunden später hatten sie ihr Ziel erreicht.

Die Flucht war gelungen, sie waren in der Schweiz gelandet.

Nicht ahnen konnten sie, dass zwei Männer, ausgestattet mit gefälschten Diplomatenpässen, jeder für sich problemlos eingereist waren, im nicht kontrollierbaren Diplomatengepäck Dinge mitführend, die sehr gefährlich werden konnten.

Lebensgefährlich.

Er fasste ihre Hand, hielt sie fest. Ihre Blicke trafen sich.

»Wo sind deine Gedanken, Basima? Du bist so weit weg, sag mir, was dich quält, ich kann dir helfen, du musst mir vertrauen. Was ist los? Ich will dich nicht verlieren, nach der kurzen Zeit unserer Liebe.«

»Du wirst mich nicht verlieren, Liebling. Keine Angst. Alles ist gut. Ich denke gerade an meine Mutter. Sie wird morgen zu uns kommen. Sie reist per Taxi von Vaduz nach Zürich. Ich habe ein Zimmer in einem Innenstadthotel reserviert. Wir haben eine Angelegenheit mit unserer Bank zu erledigen, es wird nicht lange dauern. Danach habe ich Zeit für die Kinder, für dich, für unsere Zukunft. Versprochen.«

Sie beugte sich zu ihm. Der Kuss, warm, süß, leidenschaftlich, ließ schwaches Zittern durch seinen erregten Körper fließen.

Er hielt sie ganz fest, wollte sie nicht mehr loslassen, sie hinein tragen, sie lieben, nehmen mit all seiner Kraft, mit ihr versinken in einen Taumel der Seligkeit.

»Morgen, Fritz. Bitte lass mich los, ich muss zu den Kindern, morgen ist unser Tag. Vertraue mir Liebling, nur noch eine Nacht und ein Tag. Diese Zeit musst du überstehen.«

Ein kurzer Kuss, dann war sie weg, entschwebt wie ein Engel.

Adil und Amira schliefen tief und fest. Sie ist trotz der blonden Haare wunderschön, dachte Basima. Liebevoll strich sie ihrer Tochter über die rosige Wange.

Den abgenützten Panda Bobo, das alte Stofftier, welches sie Amira vor ihrer tragischen Fahrt in den Bergwald gegeben hatte, hielt das Mädchen fest in den Armen.

»Schön aufpassen auf den kleinen Bobo, mein Engel. Gute Nacht«, flüsterte Basima leise.

26

Die imposante Eiche stand seit mehr als hundert Jahren im Park der alten Villa.

Ihr mächtiger Stamm, die ausladenden Ästen, alles zeugte von bewegter Vergangenheit in Wind und Wetter.

Auf einem dieser knorrigen Ableger hatte sich Wladimir Kuchanko den von dichtem Blätterwerk geschützten Aussichtsposten eingerichtet.

Das nachttaugliche Fernglas bot ihm ausreichend Sicht auf Terrasse, Fenster und Eingänge des alten Gebäudes.

Zu gerne hätte er gewusst, worüber sich die beiden Menschen auf der Terrasse unterhielten.

Ein Blick zur gut dreihundert Meter entfernten Straße bestätigte ihm; Saddam Balany bewachte im Mietwagen das breite Einfahrtsportal des Anwesens.

»Der rechnet damit, dass heute noch eines der Vögelchen ausfliegt«, murmelte er schmunzelnd.

Er hatte die Frau im Auge. Sie war im Zimmer der Kinder gewesen, jetzt auf dem Weg zurück in das andere Apartment, wo Bulle Thurn bereits auf seinem Notbett im Wohnraum ruhte. Durch das geöffnete Fenster des Badezimmers hatte er einen kurzen Blick auf die nackte Basima werfen können, was ihm einen wohligen Schauer bescherte.

Der Idiot schläft auf dem Sofa, während diese Traumfrau alleine ins Bett geht, welch eine Verschwendung, dachte der Söldner, gierig seine wulstigen Lippen leckend.

Vorsichtig kletterte er vom Baum auf den saftigen Rasen. Er hatte eine Entscheidung getroffen. Den schmalen Kiesweg entlang schleichend erreichte er über die dunkle Zufahrtsstraße den Wagen des Arabers. Kuchanko umklammerte die Pistole mit dem aufgesetzten Schalldämpfer, hob sie langsam an und zielte auf den Kopf des Mannes.

Es wäre eine Leichtigkeit gewesen, Balany zu erledigen, keine Menschenseele war unterwegs, niemand hätte den Meuchelmord gesehen.

»Noch hast du etwas Zeit, Sohn der Wüste, noch brauche ich dich, aber schon bald wirst du deinem Schöpfer gegenüberstehen.«

Leise hatte er die schäbigen Worte geflüstert. Er steckte die Waffe in den hinteren Hosenbund.

Saddam fluchte erbärmlich.

Kuchanko hatte ihn durch einen Hieb mit der Faust auf das Seitenfenster aus einem kleinen Schlummer geholt. Die Reisestrapazen hatten ihren Tribut gefordert und so war er eingenickt.

»Hallo Saddam, Schurke arabischer, lange nicht gesehen. Ich verstehe kein Wort von deinem orientalischen Geschwätz, was willst du mir sagen?«

Das breite Grinsen des Söldners machte den Syrer wütender.

»Kuchanko! Bei allen Satansengeln der Wüste, was willst du hier? Niemand hat dich gerufen, dein Auftrag ist erledigt. Basima und die Kinder sind tot. Baschnar El Din trauert um sie. Wenn dich der Oberst in die Finger kriegt, wird er dich an den Eiern aufhängen. Ihr habt die ganze Sache total versaut, verdammt.«

»Immer mit der Ruhe, Freund. Wir haben gar nichts versaut, es ist uns jemand zuvorgekommen. Eure Leute waren bereits über den Jordan, als ich hinkam. Für mich gab es nichts mehr zu tun, verstehst du? Nada! Njet! Die waren bereits hinüber.«

Kuchanko überlegte.

El Din trauerte? Er wusste nicht, dass seine Kinder am Leben waren?

Gut möglich.

Balany aber musste die Wahrheit kennen, sonst wäre er nicht hierher gereist.

Direkt ab Wien war er dem Wagen des Mannes gefolgt, um letztendlich hier zu landen.

Er öffnete die Seitentüre, ließ sich auf den Beifahrersitz fallen, griff sich eine seiner russischen Zigaretten und blies den beißenden Rauch ins Gesicht seines Kontrahenten.

»Mich täuschst du nicht, Wüstenfuchs. Du weißt genau, dass die Alte des Obersts samt ihren beiden Teenagern noch am Leben ist und in dieser Villa untergetaucht ist. Erzähl schon, wer hat dir die Story gesteckt? War es die Tussi, die du vor dem Ministerium in Wien getroffen hast?«

Saddam wedelte mit den Händen, der Rauch brannte in seinen Augen.

»Mach das verdammte Ding aus, der Gestank ist unerträglich. Woher ich meine Informationen habe, geht dich nichts an. Also, was willst du?«

»Hast du es deinem Oberst schon gesteckt? Weiß El Din Bescheid, weiß er, dass seine Familie glücklich in der Schweiz lebt?«

»Auch das geht dich nichts an. Verlasse mein Fahrzeug und verschwinde. Ich will mit dir nichts zu tun haben, hau ab, sofort!«

»Ruhig bleiben, Saddam ganz ruhig. Wir wissen beide den Grund, warum Oberst El Din seine Frau und die Kinder haben will. Ihr habt uns in

Damaskus belogen, von wegen Sehnsucht nach den Kindern und Rache an der abtrünnigen Frau, alles Schwachsinn. Ihr seid genau hinter denselben Dingen her wie wir. Ich bin sicher, du weißt mittlerweile auch, für wen ich arbeite.

Ich mache dir einen Vorschlag. Ziehen wir das Ding gemeinsam durch, zwei sind effizienter als einer. Ich kann dir helfen, kann dir meine Kampfkraft bieten. Vergiss nicht, die Lady wird von einem erfahrenen Bullen der Kripo beschützt. Hast du eine Ahnung, was da läuft? Wieso hilft ihr der Mann bei der Flucht? Ist er verknallt in die Alte? Wäre eine Möglichkeit. Also was ist jetzt? Gemeinsam oder einsam?«

Balany schwieg. Hinter seiner dunklen Stirn arbeitete es, das konnte man sehen. Eine Entscheidung fiel ihm schwer.

»Wie stellst du dir eine Zusammenarbeit vor? Sollten wir finden, was wir beide suchen, was dann? Es kann nur einen Sieger geben Kuchanko. Du steigst jetzt aus und verschwindest. Lass dich in der Gegend nicht mehr blicken, wenn dir dein Leben lieb ist. Meine Leute werden dich im Fadenkreuz haben. Also raus mit dir!«

Kuchanko spürte plötzlich den kalten Stahl einer Waffe am Hals unter dem linken Ohr.

Eine heisere Stimme flüsterte arabische Worte.

Er verstand sie nicht, ahnte deren Bedeutung, wusste, dass er verspielt hatte.

Wie konnte er den Mann im hinteren Bereich des Wagens übersehen, verdammte Scheiße.

Er konnte nicht wissen, dass Saddam den Jungen aus dem Hotel mitgenommen hatte, schlafend am Rücksitz. Die dunklen Scheiben des Leihwagens taten ihr Übriges. Er war an der Nase herumgeführt worden, die beiden Syrer hatten den Söldner überlistet, ein seltenes Unterfangen. Wissend, dass seine Karten momentan schlecht waren, stieg er aus und verschwand in der Dunkelheit der schmalen Zufahrtsstraße.

»Gut gemacht. Du hast deinem Land einen aufrechten Dienst erwiesen, nach deiner Rückkehr in die Heimat wird dir der Oberst eine große Zukunft schenken, Ahmed.«

Ahmed, einst aus seiner ursprünglichen Heimat geflüchtet auf der Suche nach seinem Glück in Westeuropa, war geläutert. Nach zwei Jahren in Österreich hatte er erkannt, dies war nicht das, was er sich vorgestellt hatte. Mit viel Mühe hatte er nach einem vorläufigen Asylbescheid eine Arbeit im Nobelhotel erhalten, wo auch Basima abgestiegen war. Dort behandelte man ihn wie den letzten Dreck. Seine an sich gute Ausbildung als Maschinenbauer nutzte ihm hier nichts, gar nichts.

Von Geschirr spülen bis zum Ausmisten des Reitstalles reichte sein Pensum, stets von den einheimischen Angestellten mit Misstrauen beäugt, war er glücklich über den Auftrag von Saddam, der ihn aus den Fängen der Ausbeuter befreit hatte.

»Sollten wir den verdammten Kerl nicht verfolgen und erledigen? Er wird nicht aufgeben und wiederkommen. Jetzt wäre die beste Gelegenheit, ihn umzulegen. Ich mache es, Saddam. Gib mir den Befehl.«

Er wedelte herausfordernd mit der Pistole.

»Nein, Ahmed. Wir dürfen hier nicht weg, müssen die Villa unter Beobachtung halten. Die Frau hat unserer Bewegung etwas gestohlen, was enorm wichtig ist im Kampf gegen diese abtrünnigen Rebellen, der Präsident wird es uns danken, wenn wir erfolgreich sind, wenn nicht ..., ich will nicht daran denken, was dann passiert. Wir bleiben, wo wir sind und warten.«

27

Im Büro von Staatsanwältin Dr. Eva Lang-Länger war die Anspannung in der Runde spürbar.

Neben dem Leiter des LKA Graz waren zwei Beamte des BKA, Tobias Kroll vom Staatsschutz sowie Charly Klum, Stellvertreter von Oberst Thurn, mit am Tisch.

»Erste Frage: Wo ist Oberst Fritz Thurn?«

Ihr fordernder Blick traf den LKA-Chef.

»Oberst Thurn hat sich Urlaub genommen, wir wissen nicht, wo er sich aufhält. Das ist auch nicht weiter wichtig. Seine Arbeit als Leiter der Ermittlungen führt sein Stellvertreter. Die Vernehmungen der beiden Tatverdächtigen sind soweit abgeschlossen.«

»Ich habe den Bericht gelesen. Daraus geht hervor, dass die beiden Männer im gemeinsamen Wirken den Mord an Hannes Dullin sowie die Mordversuche an seiner damaligen Familie begangen haben. Eines der niederen Motive war offenbar Hass auf Ausländer.

Die Täter, Mitglieder einer verbotenen Vereinigung von Staatsverweigererern, Reichsbürgern aus der radikalen Szene, handelten nach bisherigen Erkenntnissen in Eigenverantwortung.

Ihr Ziel war es, Eindruck auf den Anführer der Gruppe, Uwe Klein, zu machen. Als Tatwaffe verwendeten sie eine Schnellfeuerwaffe, die vor Jahren aus Beständen der deutschen Bundeswehr gestohlen worden war. Umstände und Zusammenhänge der Causa Uwe Klein sind Ihnen bekannt.

Nicht geklärt ist die Ermordung des Landwirtes, er wurde mit einer anderen Waffe getötet. Vermutlich ebenfalls ein automatisches Gewehr mit Ursprung ehemaliges Jugoslawien. Die Ermittlungen sind hier voranzutreiben, Sachbearbeiter ist Herr Klum, zumal der Chef dieses Amtes nicht in der Lage ist, den Aufenthaltsort seiner führenden Mitarbeiter zu erklären.«

Der Angesprochene wollte zu einer Erwiderung auf den bissigen Seitenhieb ansetzen, der kalte Blick der Staatsanwältin ließ in stumm bleiben.

Charly Klum fuhr sich mit der Hand ins Gesicht, als wolle er seinen juckenden Nasenrücken behandeln, in Wahrheit musste er sein hämisches Grinsen verbergen.

Ich könnte euch vielleicht mehr über Fritz sagen, die Zeit dazu ist noch nicht reif, Freunde.

Staatsanwältin *Eva Gnadenlos,* wie sie von ihren Mitarbeitern ob ihrer Härte gegenüber Tatverdächtigen aber auch Ermittlern heimlich genannt wurde, war seine Gestik aufgefallen, wie immer.

»Sie wollen etwas beitragen Herr Klum? Sprechen Sie.«

»Alles was zu sagen ist, steht ausführlich in meinem Bericht. Neuigkeiten werden umgehend zur Kenntnis gebracht. Dann dürfen auch Fragen gestellt werden.«

Die knappe, oft ruppige Art des ausgefuchsten Kripobeamten ärgerte seine Vorgesetzten immer wieder aufs Neue. Angesichts seiner ausgezeichneten Arbeit in den schwierigsten Fällen, seiner nachweisbaren Erfolgsquote und seiner trotzigen Loyalität schluckten sie kommentarlos so manche Aussage. Die Sache mit dem zweiten Täter sowie die Tatwaffe beschäftigten ihn.

Das roch nach einem Täter, der Zugang zu derartigen Waffen hatte, und da fiel ihm nur einer ein: Der Söldner Kuchanko, er war mit Billiger unterwegs gewesen. War er der Mörder des Landwirtes? Und vor allem war er eventuell noch immer hinter der Familie El Din her?

Darüber galt es nachzudenken, analysieren, Akten lesen. Das gibt Arbeit, dachte er, wissend, was auf ihn zukam.

»Na gut, wir kommen zum Verschwinden der Basima El Din samt ihrer beiden Kinder. Ich betone ausdrücklich, dass die Flucht aus einem Schutzprogramm keine strafbare Handlung im Sinne des Strafgesetzbuches darstellt. Die Unkorrektheiten im Rahmen des Asylantrages, die illegale Eheschließung und so weiter sind im Verwaltungsverfahren abzuhandeln. Die Staatsanwaltschaft hält ihr Interesse an diesen Personen jedoch aufrecht, damit wir diese in einem späteren Gerichtsverfahren gegen die anzuklagenden Mörder als wichtige Tatzeugen anführen können. Ich erwarte, dass die Behörden auf Bundesebene dies zur Kenntnis nehmen.«

Warum müssen diese Akademiker immer so hochtrabend formulieren, einfache Sprache samt Hausverstand sind vielen fremd geworden, dachte Charly Klum. Sein Blick traf die Männer vom BKA und den Jüngling vom Staatsschutz.

Ihr wisst Bescheid, Jungs, Eva Gnadenlos hat euch im Visier.

Nach dem Austausch der üblichen Floskeln trennte man sich. Charly Klum hatte es eilig, aus dem Büro zu kommen. Nervös zündete er sich im Eingangsbereich eine Zigarette an.

»Rauchen ist auch im Foyer verboten, Herr Klum, das gilt auch für Sie!«

Er schielte zum Glaskasten hinüber, Erna Fritze, der Empfangsdrache wies mit dem Finger auf das unübersehbare Schild mit der durchkreuzten Zigarette.

»Du mich auch, frustrierter Besen«, murmelte er auf dem Weg durch die Drehtüren.

Er schlenderte zu einer Bank neben dem kleinen Teich, der die Parkplätze in zwei Hälften teilte. In sein Handy tippte er die Buchstaben *mad* und versandte die SMS.

Sobald Fritz Thurn diese bekam, würde er einen Weg finden, ihn zu kontaktieren. Dass etwas faul war, hatte Charly längst begriffen. In dreißig gemeinsamen Berufsjahren in einer Gruppe war sein Partner Fritz nie in Urlaub gegangen, ohne ihm zu sagen, wohin er fahren wolle, was er vorhatte und mit wem er allenfalls unterwegs war. Früher traf stets in den ersten Tagen eine Ansichtskarte ein, in den letzten Jahren diverse Fotos am Handy.

Diesmal war nur eine kurze SMS gekommen, was Thurn wann und wo in Wahrheit vorhatte, ging daraus nicht hervor, nur soviel, dass er bald Unterstützung brauchen würde … wobei auch immer.

mad bedeutete: *mich anrufen dringend.*

Er würde warten.

28

Ein Geräusch hatte ihn geweckt.

Angestrengt lauschte Thurn in die Dunkelheit des Wohnraumes.

Es war definitiv nicht die Blase, die ihn geweckt hatte. War es ein Traum gewesen?

Auf den Ellenbogen gestützt wanderten seine Augen durch den dunklen von unheimlichen Schatten durchfluteten Raum.

Fahles Licht fiel durch einen Spalt der Vorhänge von der Terrasse auf den hellen Holzboden.

Der schmale Lichtstreif am Boden wurde kurz unterbrochen.

Die Terrasse! Da schleicht jemand auf der Terrasse herum, schoss es ihm durch den Kopf. Das zeitgleich einsetzende leise Schaben und ein darauf folgendes *klack* konnte er nicht zuordnen.

Saddam und Ahmed hatten an der Tür zur Küche mittels Glasschneider einen kleinen Kreis neben dem Türknopf ausgeschnitten. Mit einem Saugknopf lösten sie das runde Glasstück aus der Türverglasung, zogen es vorsichtig nach außen. Ahmed griff sich den inneren Öffnungsknopf der Tür und schob diese behutsam zurück. Der strenge eidgenössische Denkmalschutz hatte ihren Einbruch ermöglicht. Die zuständige Behörde hatte bislang jede äußere bauliche Veränderung der geschichtsträchtigen Villa untersagt, weshalb Fenster und Türen wie ursprünglich mit einfacher Verglasung ausgestattet waren.

Fritz Thurn war aufgestanden.

Aus der Schublade der Kommode holte er seine Pistole Glock 19. Vorsichtig schlich er in Richtung Küche. Von dort waren die Geräusche gekommen.

Die schmale Schiebetür ließ sich lautlos öffnen. Das durch die Terrassentür fallende Restlicht der Straßenbeleuchtung ließ den Raum heller erscheinen. Thurn spüre den leichten Luftzug der offenen Tür. Hatte Basima vergessen, diese zu schließen?

Er machte einen weiteren, vorsichtigen Schritt.

Zu spät erkannte er die Gefahr im Halbdunkel.

Ahmed rammte sein Springmesser mit voller Wucht in den rechten Oberarm des Ermittlers. Thurn stieß einen dumpfen Schrei aus, seine Waffe knallte auf den Kachelboden.

Saddam Balany stand plötzlich vor ihm. Dessen Hände fassten ihn an den Schultern, das blitzschnell vor schnellende Knie traf Thurn punktgenau im Schritt. Der Schmerz ließ ihn in die Knie gehen. Ein harter Handkantenschlag Ahmeds in den Nacken besorgte den Rest.

Thurn fiel in einen tiefschwarzen Abgrund.

Irritiert von Stimmengewirr öffnete er die Augen. Instinktiv griff er nach den schmerzenden, angeschwollenen Genitalien. Langsam kehrte die Erinnerung zurück. Er lag auf dem Boden des hell erleuchteten Wohnzimmers der alten Villa.

Aus seinem Blickwinkel konnte er Basimas nackte Beine sehen, die in weichen Badesandalen steckten. Behutsam hob er den Kopf.

Auf dem breiten Sofa saßen dicht aneinander Basima, Amir und Adil. In ihren Augen blanke Angst. Ein junger Araber hielt sie mit einer Pistole in Schach.

Auf seinem Notbett hatte es sich ein älterer Mann in Anzug und Krawatte bequem gemacht.

Das ist das Schwein, das mir in die Eier getreten hat.

»Sie sind der Polizeibeamte, der dieser Hure zur Flucht verholfen hat, richtig? Sie werden bereuen, sich in unsere Angelegenheiten eingemischt zu haben. Sobald es mir nötig erscheint, werde ich Ahmed den Befehl geben, Ihnen die Kehle durchzuschneiden.«

Sein arabisch eingefärbtes, miserabel klingendes Deutsch ließ die scharfe Drohung unheimlicher erscheinen, als diese ohnehin war.

Fritz Thurn richtete sich auf. Stehen, erschien ihm angenehmer denn Sitzen.

»Wer sind Sie? Was wollen Sie von uns?«

»Er ist der Speichellecker meines Ex-Mannes, sein Name ist Saddam Balany. Bombenwerfer, gemeiner Mörder unzähliger Frauen, Kinder und unschuldiger Menschen. Ein korruptes Schwein, den verhassten Machthabern treu ergeben.«

Basima spuckte aufgebracht in Richtung Saddam.

»Du untreue Hure eines Ungläubigen. Baschnar El Din ist nicht dein Ex-Mann, er ist nach wie vor dein Gebieter, du undankbare Tochter des Satans. Er wird dich lehren, ihn zu hintergehen, wenn ich dich erst in unser Heimatland zurückgebracht habe.«

Die beiden Kinder hatten entsetzt den Dialogen gelauscht. Amira hielt den kleinen Panda Bobo an sich gepresst, Adil war angespannt, zum Sprung bereit wie ein junger Tiger.

Hoffentlich lässt sich der Junge nicht zu einer unüberlegten Handlung hinreißen, dachte Thurn besorgt, er versuchte Blickkontakt mit ihm aufzunehmen.

»Wir müssen Fritz verbinden, er blutet stark.«

Erst jetzt merkte dieser, dass von seinem Oberarm Blut auf den kostbaren Teppich tropfte. Nun fühlte er auch den brennenden Schmerz, ein Zeichen, dass der Schock nachließ.

»Ahmed, gib mir die Waffe und verbinde den Idioten. Du willst doch nicht um dein Vergnügen gebracht werden, wenn der Kerl vorher abkratzt.«

Saddam lachte, seine Züge glichen einer Teufelsfratze, er war in höchstem Grade aufgewühlt, als hätte er sich eine Droge eingeworfen.

»Jetzt zum Kern unseres Auftrages. Du missratenes Miststück weißt genau, warum dein Gebieter uns schickt. Ich rate dir, gib heraus, was du der glorreichen Bewegung gestohlen hast. Lass es nicht auf einen Kampf mit mir ankommen, ich warne dich. Weigerst du dich, wird sich Ahmed mit deiner kleinen Tochter befassen, drüben in deinem Schlafzimmer, bei geöffneter Türe, damit du ihre Schreie hören kannst.«

»Du wirst es nicht wagen, die Tochter von El Din anzufassen, das würde deinen Kopf kosten. Das weißt du. Verdammter Dreckskerl.«

Basima kochte vor Wut und Angst um Amira.

»Das lasse ruhig meine Sorge sein. Besondere Umstände erfordern besondere Maßnahmen. Ich gebe dir genau drei Minuten, danach kannst du dich am Freudengeheul deiner Tochter erfreuen, ich bluffe nicht, Basima.«

Ahmed zog den Verband um Thurns Oberarm fest zusammen, klopfte darauf, was dem Verletzten ein schmerzhaftes Stöhnen entlockte und wandte sich an seinen Kumpanen.

»Fertig, halb so schlimm die Wunde. Ich bin bereit für die Kleine, gib mir ein Zeichen Saddam.«

Thurn starrte entsetzt in das von einem gierigen Grinsen verzogene Gesicht des jungen Arabers.

»Ahmed, sei vernünftig, lass dich von diesem Wahnsinnigen nicht zu einer Tat missbrauchen, die du einmal bereuen wirst. Bitte sei vernünftig, sie ist noch ein Kind, sie hat euch nichts getan, bitte.«

»Halte dein dreckiges Maul, Bulle. Ahmed wird tun, was ich ihm befehle, also hör auf mit dem weibischen Jammer.«

Saddam Balany würde sich von seinem Vorhaben nicht abbringen lassen, das wusste Thurn jetzt. Nicht weit von seinem Sitzplatz entfernt lag seine Glock 19 auf einer schmalen Kommode. Er schätzte die Möglichkeiten ab, sein Blick fiel auf die Dienstwaffe.

»Denk gar nicht dran. Ich knalle dich bei der geringsten Bewegung ab«, sagte Saddam gelassen.

Ahmed näherte sich dem Sofa, wo sich das Mädchen mit ängstlichen Wimmern an ihre Mutter klammerte.

»Also gut, du Ausgeburt der Hölle. Ich gebe mich geschlagen. Wir holen, was du haben willst und dann verschwindet ihr! Ohne uns. Das ist meine Bedingung.«

Basima sah ihren Peiniger abwartend an, sein Gesicht verriet, dass er angestrengt nachdachte, seine Chancen abwog. Lange Zeit war es still im Raum.

»Wir holen? Was heißt das? Du hast die Dinge nicht hier bei dir? Wo holen wir sie?«

Saddam grinste spöttisch.

»In einem Schließfach am Bahnhof, dort hat sie meine Mutter deponiert. Ich habe den Schlüssel für das Fach.«

Misstrauisch beäugte er sein Opfer.

»Zeig mir den Schlüssel.«

Basima erhob sich, griff in ihre Handtasche und holte einen Schlüsselbund hervor, den sie vor den Augen Saddams hin und her schwenkte.

»Gib mir den richtigen Schlüssel.«

Sie löste einen flachen Zylinderschlüssel und reichte ihn weiter. Es war der Schlüssel für ihren längst im Schutt des zerstörten Hauses vergrabenen Tresor in Aleppo.

Argwöhnisch betrachtete er den beidseitig geschliffenen Schlüssel.

»Wer sagt mir, dass es der Richtige ist?«

»Das Risiko musst du eingehen, sonst kommst du nie ans Ziel deiner Wünsche.«

Lange überlegte er, in seinem Inneren tobte ein Kampf.

Banale Vernunft gegen triebhafte Gier, die Ware so schnell als möglich in Händen zu halten.

»Okay. Wir fahren zum Bahnhof. Das Mädchen bleibt zusammen mit Ahmed hier, der Junge kommt mit uns. Belügst du mich, kann Ahmed mit seinem Werk beginnen. Bis wir zurück sind, wird er seine Freude haben mit deiner Tochter.«

Basima kämpfte mit ihrem Gewissen.

Plötzlich stimmte sie zu.

»Wenn dein Kumpan meiner Amira näher kommt als nur eine Armlänge, bringe ich ihn um, das schwöre ich bei Gott. Los jetzt! Bringen wir es hinter uns.«

29

Tobias Kroll jagte den Dienstwagen über die Südautobahn in Richtung Wien.

In der Direktion Staatsschutz und Nachrichtendienst hatten sich Agenten des britischen sowie des amerikanischen Geheimdienstes eingefunden. Die Causa El Din war am Köcheln.

In einer Klinik in Florida hatten die Ärzte John Billiger aus dem Koma in die reale Welt zurückgeholt. In ersten zaghaften Befragungen hatte er brisante Einzelheiten zum Geschehen rund um seinen Auftrag sowie über die Flucht der Familie El Din bekannt gegeben.

Der mit dem Fall betraute Abteilungsleiter der DSN nickte, wies auf einen Platz und wandte sich wieder seiner Power Point Präsentation zu.

Die Namensschilder auf dem Konferenztisch verrieten Kroll, wer anwesend war.

Miss Sara Celadina, CIA, Directorate of Operations, USA, eine sportliche Dame, durchtrainiert und braungebrannt, gleich einer Sportlerin aus einem Hochglanz-Journal. Neben ihr Mister George W. Wells, SIS, Section 6. GB, Gentleman vom Scheitel bis zur Sohle, mit dem Gesichtsausdruck des englischen Hochadels.

Sie nickten sich kurz zu, wobei Kroll den Eindruck hatte, der Blick der hübschen Blondine sei etwas zu lange auf ihm geruht. Sie hatte ihn taxiert. Hierfür gab es eine einfache Erklärung. Kroll hatte sein Ego trainiert, auf die Damenwelt einen unwiderstehlichen Eindruck zu hinterlassen. Diese eitle Einbildung gipfelte zumeist in einer Arroganz, die das Gegenteil bewirkte.

»Herr Kroll, sie haben noch nichts Wesentliches versäumt, ab jetzt bitte ich um verstärkte Konzentration und Aufmerksamkeit.«

Dem Abteilungsleiter war der Gesichtsausdruck seines Mitarbeiters nicht fremd, er wusste, woran Kroll gerade dachte und hatte daher die Stimme leicht erhoben, was Miss Sara mit einem süffisanten Lächeln quittierte.

»Wir kommen nun zu den Strukturen des organisierten Widerstandes im Zielland. Es besteht Kenntnis von insgesamt fünf verschiedenen Rebellengruppen. Eine davon ist eine Gruppe von Christen aus dem Raum Aleppo. Sie nennen sich *Gottes Sterne*.

Basima El Din ist Christin, was von Anfang an Probleme in der Ehe mit dem Moslem Baschnar mit sich brachte. Sie ist aber auch seit Jahren Mitglied in der vorher genannten Rebellengruppe, war so etwas wie die ärztliche Kompetenz.

Ihr guter Ruf in der WHO und in verschiedenen Organisationseinheiten der UNO machte es dem Regime schwer, um nicht zu sagen unmöglich, sie zu eliminieren, ohne enormes internationales Aufsehen zu erregen. Pläne für ihre Ermordung bestanden immer wieder. Speziell nachdem sie ihren Mann verlassen hatte, der jedoch einer Scheidung nie einwilligte. Sie kümmerte sich um die Ärmsten der Armen im Kriegsgebiet.«

Ein Bild der Ärztin in einem verwahrlosten Krankenhaus in Aleppo erschien an der Wand.

Die Besprechung hatte mehr als vier Stunden gedauert.

Die Amerikanerin und der Brite trugen wenig zur Diskussion bei. Man konnte den Eindruck gewinnen, sie wären nur als Zuhörer anwesend.

Auszuloten, was die Österreicher überhaupt wussten.

Kroll kannte diese Spielchen der *Großen* längst.

Ob Deutsche, Franzosen, Amerikaner, für sie alle war das kleine, zwischen Ost und West gelegene Alpenland schon immer ein hervorragender Platz für ihre Spionagetätigkeiten gewesen.

Begünstigt von einer in Europa einzigartigen Mentalität der Bevölkerung sowie der handelnden politischen Parteien. Eine Mischung aus Gleichgültigkeit, schwer zu ertragender Naivität sowie ein ausgeprägter Wunsch nach Sicherheit durch die immerwährende Neutralität, welche allerdings nach Expertisen unzähliger Experten auf dünnen Beinen stand.

So war über die Jahre hinweg ein *Insel der Seligen Gefühl* entstanden.

Geradezu eine Einladung für fremde Mächte, diese Spielwiese der Lethargie, der politischen Passivität, für ihre Zwecke zu nützen. Wien. Donaumetropole, Stadt der Künstler und Musiker, Stadt der Museen, Stadt der Jugend, alles schöne Dinge, die aber nicht verhindern konnten, dass viele Nationen mit unzähligen Spionen diese neutrale Stadt im neutralen Österreich für ihre geheimdienstlichen Konflikte missbrauchten.

In fünfundsiebzig Jahren seit Ende des Zweiten Weltkrieges war so gut wie kein Angehöriger eines ausländischen Geheimdienstes des Landes verwiesen worden, obwohl sich Spione zu Hunderten hier aufhielten und immer noch aufhalten.

Kroll kümmerte dieser Umstand wenig. Er befasste sich vorwiegend mit der Beobachtung und Observation rechtsradikaler Gruppen, überarbeitete und analysierte Film-und Videomaterial von diversen Kundgebungen, hielt Kontakte zu verschiedenen Nachrichtendiensten der Nachbarstaaten.

Diesmal war er im Rahmen der Überwachung des Reichsbürgers Uwe Klein in einen Fall hineingeraten, der weitere Kreise zog, der auch die Amerikaner und Briten auf den Plan gerufen hatte.

Nach der Besprechung hatte er sein Stammlokal aufgesucht, sich im Schanigarten seine Lieblingsjause, eine Portion Rindfleisch in Essig mit viel Zwiebel und Kernöl bringen lassen.

Ein Seidel Bier ergänzte den verspäteten Lunch.

Während er das geschäftige Treiben in der Fußgängerzone der City beobachtete, ließ er die wichtigsten Passagen der Besprechung noch einmal Revue passieren.

Wie immer hatte sein Chef die Präsentation unnötig in die Länge gezogen, was auch die anderen Teilnehmer zu verhaltenem Gähnen animiert hatte.

Im Kern war sein Bericht jedoch hochbrisant gewesen.

Begonnen hatte alles in Helsingör, einer dänischen Kleinstadt mit etwa 47.000 Einwohnern, gelegen an der schmalsten Stelle des Öresund, der Nordostspitze der Insel Seeland, direkt gegenüber der schwedischen Stadt Helsingborg.

Zwei junge IT-Techniker gründeten dort im Jahr 2010 ein Start-up Unternehmen, welches sich ursprünglich mit Lösungen für Geräte-und Systemtechnik befasste. In der Entwicklungsphase kamen die beiden auf die Idee, spezielle Drohnen für Paketzustellungen zu planen, mit dem Ziel, diese später auch zu produzieren. Für ihr Projekt konnten sie einen Investor aus Saudi-Arabien gewinnen, der von ihren Ideen begeistert war. Als die beiden Techniker erste Versuche mit den kleinen, äußerst wendigen Drohnen machten, war auch der Sohn des Investors stets dabei.

In einer abgelegenen aufgelassenen Kiesgrube wurden vielerlei technisch relevante Szenarien durchgespielt. Die wichtigsten Faktoren betrafen Wendigkeit, Steuerung über eine zentrale Station, unter Einbindung eines speziellen Satellitensystems sowie Nachhaltigkeit im Sinne von Umweltschutz, Lärmpegel und Energiebedarf.

Bei diesen Tests, die sich über Wochen hinzogen, wurde aus einem Spass heraus die Idee geboren, zwei der kleinen, wendigen und leisen Drohnen mit Waffen zu bestücken. Die drei Männer, allesamt Freaks diverser Computerkampfspiele, waren plötzlich in der Lage die Kiesgrube als Kriegsschauplatz mit realistischer Abfolge zu nützen.

Fasziniert von den Möglichkeiten ihrer neuen Kampfmaschine, widmeten sie sich neben der

Entwicklung der normalen Drohnen in ihrer Freizeit dem Bau eines speziellen Fluggerätes.

Insbesondere der junge Saudi trieb die Idee der Bewaffnung mit großer Unterstützung seines Vaters voran.

Im Jänner 2012 verunglückten die beiden Dänen auf tragische Weise bei einer Eiskletterei in Schweden. Ursache und Abfolge des Absturzes konnten nie geklärt werden. Bald machte sich das Gerücht breit, es habe sich um ein Attentat gehandelt.

Das plötzliche Verschwinden des Saudis zeitgleich mit dem Unfalltod seiner beiden Partner heizte in der Stadt Spekulationen an. Hatte sich vor dem Unglück niemand daran gestoßen, dass die drei Spezialisten in der Kiesgrube ihre Drohnen testeten, wobei auch geschossen wurde, so war man nunmehr an den Stammtischen davon überzeugt, dass hier terroristische Elemente involviert waren. Bald war die Boulevard-Presse diesen Gerüchten auf der Spur. Man berichtete aufwendig über *Terrorübungen auf Seeland*.

Der dänische Nachrichtendienst ermittelte. Weder im Büro noch in den Wohnungen oder Fahrzeugen der beiden Konstrukteure wurden Unterlagen zu ihren Erfindungen gefunden. Alle Festplatten waren gelöscht worden, die Server soweit als möglich bereinigt. Pläne in Papierform hatte man ohnehin nicht erwartet.

Die Sache bekam folglich politische Brisanz. Was war in Helsingör passiert?

Was war an den Plänen der jungen Männer so wichtig, dass diese den Tod fanden?

Wo war der Sohn des Hauptinvestors?

Wo die beiden Drohnen, die als Kriegsspielzeug Verwendung fanden?

Fragen über Fragen, die letztlich auch US-Nachrichtendienste hellhörig werden ließen.

Nach monatelangen Ermittlungen sowie der Festnahme des jungen Saudis in der Türkei kam langsam Licht in die Sache.

Obwohl niemand wusste, welches Gefahrenpotenzial die Pläne beinhalteten, nicht einmal feststand, ob überhaupt Gefahr davon ausging, interessierten sich die Geheimdienste gleichermaßen um deren Besitz, wie diverse Rebellengruppen und terroristische Vereinigungen im Vorderen Orient. Fest stand, die Pläne waren im Nahen Osten gelandet. Ein harmloser *512 GB USB-Stick* war alles, wonach die halbe Welt der Geheimdienste gierte.

Baschnar El Din war auf dunklen Wegen in den Besitz desselben gelangt.

Wie letztlich seine Frau Basima diesen Datenträger an sich bringen konnte, zusammen mit einem Stick voller Passwörtern prall gefüllter Schweizer Konten, angelegt von korrupten Volksvertretern, die wiederum die Verwaltung dieser geheimen Konten Ex-Oberst El Din anvertraut hatten, ist völlig unklar.

Es war nicht nachvollziehbar, ob Basima das brisante Material anlässlich ihrer Flucht dabei hatte, ob dieses auf anderen Wegen in die Schweiz gelangte oder ihre Mutter die heisse Ware außer Landes gebracht hatte.

Nicht dass man der mittlerweile in die Jahre gekommenen Erfindung der jungen Dänen eine kriegsentscheidende Bedeutung zugemessen hätte, so wollte man in deren Besitz kommen, um genaue Daten zu eruieren. Rebellen und kriminelle Organisationen sahen darin eine Möglichkeit, diese Geräte für ihre Zwecke einzusetzen.

Verständlich, dass Baschnar El Din die Kontodaten wiederhaben wollte, zumal er die Besitzer dieser Raubgelder nicht mehr länger hinhalten konnte, was langsam aber sicher für ihn zu einer Gefahr für Leib und Leben wurde.

Der österreichische Nachrichtendienst war wie so oft mit der halben Wahrheit informiert worden.

Die Person Basima El Din sei zu überwachen, mehr nicht.

Nunmehr wusste man endlich mehr.

Tobias Kroll winkte dem Kellner, zahlte und machte sich auf den Weg. Er hatte nur ein Ziel. Er musste Fritz Thurn finden. Der alte Fuchs hatte ihn *ausgebremst*, wie es im Jargon der Ermittler hieß. Er war seit seiner Nachfrage über den Aufenthaltsort der Familie El Din verschwunden.

Ein sicheres Indiz für Kroll, dass Thurn diese gefunden hatte oder zumindest wusste, wo sie sich aufhielt.

30

Die antike französische Kaminuhr schlug dreimal.

Saddam erteilte Ahmed den Befehl, die Gegend rund um die Villa zu erkunden. Nach wenigen Minuten war er zurück, gab ein Zeichen mit dem erhobenen Daumen.

»Alle gut da draußen, es kann losgehen.«

»Gut. Lege der Kleinen Fessel an, klebe ihr das Maul zu. Du kommst mit zum Wagen, gibst uns Deckung, man kann nie wissen. Danach kehrst du zurück. Fasse sie nicht an, bis ich dir den Befehl auf dein Handy schicke, ist das klar?«

Ahmed nickte. Sie hatten arabisch gesprochen, Basima übersetzte flüsternd für Thurn.

»Halte dein Maul, pack deine Sachen. Du und der Junge, ihr kommt mit, der Bulle bleibt hier. Mit ihm beschäftigen wir uns nachher. Los jetzt!«

Nachdem Ahmed das Mädchen und Thurn mit reißfestem Klebeband gefesselt und geknebelt hatte, verließ die Gruppe das alte Haus.

Fritz Thurn versuchte das von panischer Angst heimgesuchte Mädchen durch Blickkontakt und leises Murmeln zu beruhigen, mehr war in Anbetracht des Knebels nicht möglich.

Ein lauter Knall ließ ihn aufschrecken, jemand hatte die schwere Eingangstüre zugeschlagen. Sekunden später standen Basima und ihr Sohn im Wohnraum.

Sie war kreidebleich. Unfähig zu sprechen.

»Jemand hat auf uns geschossen, ich glaube mit Schalldämpfer, man hörte keine Schüsse, die Männer sind tot!«

Adil stotterte nervös, sein Atem kam stoßweise, er war geschockt.

Thurn hielt ihm die gefesselten Hände hin. Der Junge brauchte lange, bis er begriff, in die Küche rannte und mit einem breiten Fleischmesser zurückkam.

Thurn befreite sich von seinem Knebel, dann eilte er zum gefesselten Mädchen.

»Es ist noch jemand da draußen, Fritz! Wir müssen aufpassen, hilf mir alle Türen zu verriegeln, mach schnell, ich habe keine Ahnung, wer die beiden Kerle erschossen hat, es muss ein Profi sein, alles ging so schnell.«

Basima hatte sich vom ersten Schreck erholt.

Sie rannten durch die alte Villa, versuchten alle Eingänge so gut es ging zu sichern. Als sie schließlich im Wohnzimmer zusammensaßen, horchten sie angespannt auf jedes Geräusch.

Nichts passierte.

»Wir müssen die örtliche Polizei verständigen! Sobald es hell wird, kommt der Mann von der Hausverwaltung, um seinen Rundgang zu machen, er wird die Leichen finden.«

Fritz Thurn suchte den Blickkontakt zu Basima, sie starrte stur zu Boden.

»Nein, Fritz. Keine Polizei, viel zu gefährlich. Wir dürfen niemand trauen, nicht einmal den Schweizer Behörden, glaube mir.«

Thurn wollte antworten, viele Fragen brannten in ihm, doch Basima hielt ihm mit einer zärtlichen Geste den Mund zu.

»Wir wollen versuchen, ein wenig zu schlafen, bevor es hell wird, müssen wir verschwunden sein. Glaube mir, es ist besser für uns. Ich erkläre dir alles später. Versprochen, mein Herz.«

Ein hingebungsvoller Kuss ließ ihn wieder einmal seine Grundsätze vergessen, er wusste, dass er dieser Frau mit Haut und Haar verfallen war. Selbst wenn er es wollte, er konnte sich seiner Gefühle nicht erwehren.

Aus dem knallharten Kripobeamten war ein Schoßhündchen geworden.

Der Himmel am östlichen Teil des lang gezogenen Zürichsees, man nannte die Gegend den Obersee, färbte sich von Grau in Violett. Ein herrlicher Tag würde in wenigen Stunden beginnen.

Von Herrlichkeit war im kleinen Park der Villa wenig übrig. Basima und Fritz Thurn versuchten die Leichen der Männer unter eines der unzähligen Gebüsche zu zerren, was sie viel Kraft kostete. Als die leblosen Körper endlich versteckt waren, sodass zumindest auf den ersten Blick nichts zu erkennen war, brachen sie noch Zweige von anderen Büschen und deckten die Ermordeten damit zu.

Was sie nicht ahnen konnten; jede ihrer Bewegungen wurde vom Nachbargrundstück aus beobachtet.

Die Morgendämmerung hatte eingesetzt, als Thurn den Wagen startete, mit Basima und den Kindern über die noch im Halbdunkel liegende Zufahrtsstraße den Ort des Grauens verließ und in Richtung Innenstadt davonbrauste. Kuchanko folgte ihnen. Ohne Licht an seinem Wagen einzuschalten, behielt er sie konzentriert im Auge. Er wusste genau, seine Zeit würde noch kommen. Er würde warten, bis Basima ihre Mutter traf. Ein Gefühl sagte ihm, dass diese im Spiel um Macht und Geld eine Rolle spielte, die er nicht unterschätzen durfte. Die Zeit arbeitete für ihn, es würden sich Gelegenheiten ergeben, wo er den

Bullen erledigen konnte, danach die beiden Kinder, die Mutter, dann würde er sich mit der hübschen Basima beschäftigen, in jeder Hinsicht.

In seinen Fantasien hatte er bereits eine genaue Vorstellung dieser Begegnung.

31

Seine langen Beine lagen ausgestreckt auf dem Schreibtisch, Ruhe nach dem Mittagsmahl.

Das Essen in der Polizeikantine hing Charly Klum schon lange zum Halse raus, deshalb war er in die Innenstadt gefahren, hatte an einem der Stände eine fettes *Krainerwürstl* mit Senf, Kren und Brot samt einem Seidel Bier bestellt.

Nun galt es diese Mahlzeit zu verdauen.

Sein Handy schrillte.

»Ja, bitte. Wer stört?«

»Servus Charly, Sepp Volker hier. Ich habe da etwas für dich. Interessiert?«

Volker, ein ehemaliger Kollege im LKA, der vor Jahren im Bundeskriminalamt Wien Fuß gefasst hatte, versorgte ihn öfters mit Informationen.

»Natürlich Sepp, natürlich. Worum geht es denn?«

»Tja, eine komische Angelegenheit. Bevor ich offiziell an euch weiterleite, wollte ich mit dir darüber sprechen. Ich habe hier eine Anfrage der Schweizer Polizei im Kanton St. Gallen. Durch einen Zufall hat ein Mitarbeiter der städtischen Müllabfuhr zwei österreichische Kennzeichentafeln im Müll gefunden. Anscheinend war die Kippanlage des Lasters defekt, der Mann musste in den Innenraum klettern, wo er die Nummern fand, Zufall, wie gesagt. Sonst wären diese längst auf der Halde gelandet. Aber nun kommt es. Ich habe die Kennzeichen abgefragt. Zulassungsbesitzer ist und jetzt halte dich fest, dein Gruppenleiter Fritz Thurn! Na, was fällt dir dazu ein, mein Lieber?«

Was soll mir dazu einfallen, verdammt noch einmal, dachte Charly geschockt.

»Man wird dem guten Fritz die Nummern geklaut haben, was sonst? Er ist derzeit auf Urlaub, keine Ahnung wo. Hat er den dortigen Behörden den Diebstahl gemeldet?«

»Nein, es gibt auch bisher keine Meldung bei uns, ich habe das abgefragt.«

»Okay, Sepp. Nun hast du mich verständigt, ich kümmere mich darum, leite die Sache an mich weiter. Vielleicht kommt der Fritz heute oder morgen und alles klärt sich auf. Ich versuche ihn zu erreichen, dann melde ich mich noch einmal bei dir.«

»Geht klar, mein Junge. Wir sehen uns. Ich komme bald einmal vorbei.«

Nachdenklich legte er das Telefon weg. Die Autonummern von Fritz in der Schweiz? War er dort unterwegs? Er öffnete auf seinem PC eine Landkarte. St. Gallen, ein Kanton, der an Vorarlberg grenzte. Waren die Nummern dort gestohlen und über die Grenze gebracht worden? Wozu? Er versuchte neuerlich, Thurn über dessen Handy zu erreichen.

Mailbox. Wie die letzten Male.

Warum hatte sich Fritz nicht gemeldet, er musste den Verlust bemerkt haben. Es sei denn, er war einem Unfall oder einem Verbrechen zum Opfer gefallen.

Charly war beunruhigt.

Das Verschwinden der syrischen Familie kam ihm plötzlich in den Sinn.

Er wusste, dass Thurn die Frau und die Kinder noch einmal befragen wollte. Er wusste auch, dass er vergeblich versucht hatte, deren Aufenthalt zu erfahren.

Kurz danach war er in Urlaub gegangen.

Charly, hatte angenommen, diese spontane Reaktion wäre der Frustration seines Gruppenleiters geschuldet gewesen. Wenn dem nicht so war? Was, wenn er auf eigene Faust im Urlaub ermittelte, die Familie suchte?

Zuzutrauen war es dem verrückten Hund, dachte Charly und versuchte einen neuerlichen Anruf.

Negativ. Mailbox.

Thurn hatte auch auf keine SMS geantwortet. Charly hatte ihn vor einigen Tagen über die Festnahmen rund um die Biker-Gang und deren Boss Uwe Klein informiert.

Was konnte er tun?

Eine Durchforstung des amtlichen Melderegisters verlief ergebnislos. Thurn hatte sich in keinem österreichischen Hotel angemeldet. Dies musste nichts bedeuten, die Eingabe durch die Vermieter verzögerte sich.

Kroll konnte er auch vergessen. Keine guten Aussichten.

Durch die offene Bürotür trat ein uniformierter Beamter.

»Sorry Charly, wir haben in der Nacht zwei Typen festgenommen. Amtsbekannte Kleindealer. Die beiden haben vor dem *66*, das ist diese Stammkneipe der Harley-Biker, Koks angeboten.

Der Wirt hat uns verständigt, er wolle keinen Ärger haben. Es habe ihm gereicht, dass kürzlich die beiden mutmaßlichen Mörder in seiner Bar verhaftet worden waren. Was mich aber stutzig gemacht hat, ist etwas anderes. Bei einem der beiden Burschen haben wir die Visitenkarte eines Hotels im Ennstal gefunden. Er gab zu, dass er und andere seit einigen Jahren den Stoff von einem gewissen *Ahmed* beziehen würden, der eben in diesem Hotel als Hausbursche arbeitet.

Ich glaube, es ist das Hotel, wo damals, vor zwei Jahren diese syrische Familie wohnte. Das ist euer Fall, oder? Ich habe jedenfalls die zuständige Inspektion im Ennstal angerufen, die sind sofort hingefahren. *Ahmed* ist verschwunden. Ohne viele Worte abgehauen, wusste der Hoteldirektor. Hier die Kopien der Vernehmungsprotokolle.«

Klum versuchte die Informationen einzuordnen, was ihm spontan nicht gelang.

»Ihr habt super mitgedacht, danke. Natürlich interessiert uns das. Danke noch mal.«

Erst nachdem er die Protokolle intensiv durchgelesen hatte, traf ihn ein Geistesblitz.

Es war ihm bislang bei keinem der Verhöre gelungen, aus den Tätern herauszubekommen, woher diese die Information über die Reiseroute von Professor Dullin, Basima und den Kindern hatten. Der mutmaßliche Haupttäter schwieg, der zweite Mann hatte sich einmal zu einer grauenvollen rassistischen Äußerung hinreißen lassen, was den Verdacht des Fremdenhasses als Motiv untermauerte, mehr nicht. Hier war nunmehr die Verbindung von der Stammkneipe der Biker zu Ahmed, dem Hausburschen im Hotel.

Er musste den Tätern über die Familie und deren Pläne erzählt haben. So konnte es gewesen sein. Die beiden Kleindealer hatten außerdem gestanden, schon öfter Suchtgift an Mitglieder der Reichsbürger auch an die beiden verhafteten Gang-Mitglieder geliefert zu haben. Stets geholt bei Ahmed und fallweise im Ennstal oder in Graz weiterverkauft.

Er schnappte sein Telefon und ließ sich mit der Polizeiinspektion im Ennstal verbinden. Zu seinem Glück war der Beamte, der den Hoteldirektor befragt hatte, im Dienst. Er ließ sich genau schildern, was der Direktor gesagt hatte. Charly kannte den Mann, vor zwei Jahren waren er und Thurn im Zuge der damaligen Befragungen zu den Ereignissen im Bergwald auch im Hotel gewesen. Leider hatte der Polizeibeamte nicht näher nachgefragt und sich mit der Auskunft, Ahmed sei nicht mehr da zufrieden gegeben.

Charlys Gedankengang sagte etwas anderes. Irgendwer hatte mit Sicherheit gesehen, wie Ahmed weggekommen war, wer ihn abgeholt hatte oder wer ihn chauffiert hatte.

Und wieder passierte etwas zeitgleich mit dem Verschwinden der Familie El Din und dem Verbleib seines Kollegen Thurn.

Eine Art Intuition, ein Bauchgefühl hatte den erfahrenen Schnüffler erfasst.

Er bedankte sich beim Kollegen, holte sich die Nummer des Hotels aus dem Netz und rief an.

Es dauerte eine Weile, bis der Direktor abhob. Der erinnerte sich sogleich an Oberst Thurn, nicht an Charly Klum. Wie immer, dachte dieser frustriert lächelnd. Wichtiger waren die Informationen, die der Direktor liefern konnte. Charly stellte geduldig Frage um Frage. Schließlich konnte sich der Manager an Dinge erinnern, die ihm völlig unwichtig erschienen waren. So hatte ihm am Tage von Ahmeds Verschwindens eine der Damen an der Rezeption erzählt, sie habe einen arabisch aussehenden Mann gesehen, der auf der Terrasse Tee getrunken habe. Sie habe diesen Gast noch nie im Hotel gesehen, er sei auch kein Zimmergast. Kurz darauf sah der Golftrainer Ahmed in einen Wagen mit Wiener Kennzeichen einsteigen. Er, der Golf-Pro, habe angenommen, der Hausbursche würde einen Gast zu Besorgungen im Dorf begleiten, was nicht ungewöhnlich war. Den Fahrer des Wagens beschrieb er als einen älteren Mann südländischen Charakters.

Ein Bild über die Abläufe begann sich zu formen.

Sein Handy summte. Eine SMS.

Sind in der Schweiz, werden verfolgt, brauche vielleicht deine Hilfe, melde mich wieder.

Charly rief umgehend zurück.

Mailbox.

Er überlegte.

Sind bedeutete, Thurn war nicht allein.

Der alte Narr hat tatsächlich den Leuten zur Flucht verholfen, es kann nicht anders sein, dachte Klum. Ist er völlig verrückt geworden?

Er blickte auf seine Armbanduhr. 15:00 Uhr.

PC ausschalten, Waffe in den Schrank, Feierabend.

Charly Klum fegte mit seinem Motorrad durch die Stadt zu seiner Behausung, ganz in der Nähe von Schloss Eggenberg, der größten barocken Schlossanlage der Steiermark. Schnell packte er notwendige Sachen in eine lederne Reisetasche, schob seine private Pistole in das im Boden eingelassene Geheimfach, schloss die Wohnung ab und holte den Wagen aus der Tiefgarage der modernen Wohnanlage. Mittels einer Europa-Straßenkarte legte er grob die Route fest und tippte *Zürich* in sein Navigationsgerät.

Um sechzehn Uhr reihte er sich in den Wochenendverkehr der A9 in Richtung Ennstal ein.

Wallisellen, eine Kleinstadt etwa zehn Kilometer vor Zürich, erreichte er eine halbe Stunde vor Mitternacht. Die gesamte Strecke über das steirische Ennstal, Salzburg, das deutsche Allgäu und Bregenz war er mit Ausnahme eines kurzen Tankstopps durchgefahren.

Die Einreise in die Schweiz war problemlos verlaufen, man hatte ihn ohne Kontrolle passieren lassen.

Müde von der langen Reise fiel er in das weiche Bett der kleinen B&B-Pension und schlief sofort ein.

32

Die Schranke der Hotelgarage schnellte automatisch hoch.

Thurn lenkte seinen Wagen auf einen Platz im hinteren Bereich, verdeckt durch eine breite Betonsäule. Seit er in der Nähe von St. Gallen seine Nummernschilder entsorgt hatte und die von einem deutschen Fahrzeug entwendeten angebracht hatte, fühlte er sich unwohl.

Seit ewigen Zeiten bin ich loyaler Kriminalbeamter, ab jetzt gehöre ich zur anderen Seite.

Zum wiederholten Male lief ihm ein unangenehmer Schauer über den Rücken, sein Magen verkrampfte sich, eine Panikattacke kündigte sich an. Aus dem Handschuhfach schnappte er sich den Flachmann, genehmigte sich einen ordentlichen Schluck des warm gewordenen Wodkas, spürte die angenehme Wirkung des sich ausbreitenden Schnapses.

Er war allein im Auto, die Stille im Halbdunkel der Tiefgarage war bedrückend. Hastig stieg er aus und eilte zum Aufzug, der ihn in die Hotellobby brachte.

Suchend wanderten seine Blicke durch die noble Hotelhalle, in der trotz der frühen Stunde geschäftiges Treiben herrschte. Eine größere Gruppe belagerte die Rezeption, man reiste ab.

Hinter einer ausladenden Zimmerpalme entdeckte er Basima mit den Kindern. Sie hatten es sich in einer ledernen Sitzgruppe bequem gemacht. Ein Hotelboy stellte ein Tablett mit Kaffee und Fruchtsäften auf den Tisch vor ihnen.

Amira sah zu ihm herüber, winkte mit beiden Armen und sagte etwas zu Basima, deren Blick auf ihn gerichtet war.

»Willst du auch etwas Kaffee?«

Sie sah ihn fragend an, während er Platz nahm. Er nickte abwesend, schnappte sich eine der auf der Ablage neben dem Sofa liegenden Tageszeitungen, schlug sie auf und vertiefte sich in deren Inhalt. Zum Schein.

In Wahrheit glitt sein unruhiger Blick über den Rand des Blattes in jeden Winkel der Halle. Wo war der Kerl? Thurn war sicher, dass der Mörder der beiden Araber ihnen gefolgt war. Er konnte die Nähe von Gefahr spüren, seine Erfahrung sagte ihm, dass der Mann auf eine günstige Gelegenheit wartete, um ihn anzugreifen.

Es ging nach wie vor um Basima, um ihr Geheimnis, um etwas, dass sie bei sich hatte. *Gib heraus, was du der glorreichen Bewegung gestohlen hast*, das waren die Worte des Alten gewesen.

Auf der Fahrt in die Stadt hatte er Basima erneut darauf angesprochen. Ohne Erfolg.

Mit seiner Geduld war es jetzt vorbei, er musste Klarheit haben.

»Ich kann nicht mehr warten, bis deine Mutter endlich eintrifft. Ein letztes Mal, was verbirgst du vor mir? Ich habe für dich, für euch Kopf und Kragen riskiert, mein Job steht auf dem Spiel. Ich habe euch geholfen, bis hierher, jetzt muss ich zurück. Übermorgen will ich wieder in meinem Büro sein.«

Sie beugte sich zu ihm, berührte zärtlich seine Wange, ihre Finger glitten über sein unrasiertes Gesicht, fanden seine Lippen und formten diese behutsam nach. Ein unsagbar wohliges Gefühl erfasste ihn. Vorbei war es mit fordernden Worten, vorbei mit Strenge, die Liebe in Form von tausend Schmetterlingen im Bauch, die Liebe war wieder da. Ihr Lächeln entführte ihn in eine andere Welt, sein Herz schlug bis zum Hals. Er wollte sie, wollte sie jetzt spontan, mit aller Macht. Sie hatte es in seinen Augen gelesen, ihr lustvoll geschwungener Mund berührte sein Ohr.

»Bald mein Liebling, bald gehöre ich dir allein für immer.

Wenn Mutter da ist, bringe ich sie in ihr Zimmer, und dann…, dann haben wir Zeit für uns, für all die schönen Dinge. Ich liebe dich.«

Die elegante Karussell-Drehtüre kam in Bewegung.

Der zuständige Hotelpage schleppte einen teuren Reisekoffer durch den imposanten Eingang. Die elegant gekleidete Dame folgte ihm auf den Fuß.

Ihr ausladender Sonnenhut geriet ins Wanken, als sie abrupt stehen blieb, die riesige Sonnenbrille abnahm, um die Lounge in Augenschein zu nehmen. Ihrem scharfen Blick entging kein Detail. Nicht der beflissene Ausdruck im Gesicht des Chefportiers, der routiniert die extravagante Lady erfasst hatte. Nicht die anwesenden Gäste vom Texashut tragenden Amerikaner, dem Girl aus der Zunft *Begleitservice* bis zu der italienischen Familie mit der schnatternden Kinderschar.

»Marhaban Jida«, rief Amira begeistert durch die Halle. Ihr Hallo Großmutter auf Arabisch hätte es nicht gebraucht, Oma hatte ihren Clan längst im Auge.

Nicht ihrer Tochter und den Enkelkindern galt ihr prüfender Blick, Oberst Fritz Thurn war in ihr Radar geraten. Noch nie ihm Leben, und seines war ereignisreich verlaufen, hatte er einen derart herablassenden Blick über sich ergehen lassen müssen.

Basima umarmte die Mutter, Adil und Amira gaben artig Küsschen auf die Wange.

»Wer ist er?«

Es war keine Frage, eher ein Befehl.

»Ein lieber Freund, Mutter. Darf ich vorstellen, Fritz Thurn, meine Mutter.«

Basima hätte genauso gut vom Wetter sprechen können, die alte Dame ignorierte Thurn nicht einmal, für sie war er nicht anwesend.

»Wo können wir uns unterhalten? Nur wir beide? Schick die Kinder auf ihr Zimmer!«

Ohne ein weiters Wort verschwand die alte Dame in der Hotelbar, direkt neben der voluminösen Rezeption gelegen. Der Hotelpage wechselte eilig einige Worte mit dem Chefportier, danach stellte er den Designer-Koffer ab und verschwand achselzuckend nach draußen.

»Haben wir heute eine Föhnlage oder ist Mutter immer so, wie soll ich sagen… liebenswert?«

»Sie hat viel durchgemacht in letzter Zeit, du musst ihr das zugestehen.«

Menschen die viel durchgemacht haben sehen anders aus, dachte Thurn und erinnerte sich an den Flüchtlingsstrom 2015, wo er an der Südgrenze zu Slowenien ausgeholfen hatte. Diese Frau ist eine arrogante, verwöhnte Hexe.

»Und jetzt? Was kommt jetzt? Gehen wir zusammen in die Hotelbar? Mich hat sie ja nicht auf das Zimmer verbannt?«

»Sie ist, wie sie eben ist. Tut mir leid, Fritz. Sei vernünftig, warte im Zimmer auf mich. Ich komme so bald als möglich nach, du musst verstehen, wir haben einiges zu bereden, wir haben uns lange nicht gesehen.«

Sie erhob sich, stand vor ihm.

Ihr wunderschönes Haar. Die leicht nach oben geschwungene Nase, der fein geschnittene, sensible Mund. Die beinahe schwarzen Augen, die stets suchend blickten. Die sanfte Lieblichkeit ihres Antlitzes. Die so wohltuende Besorgtheit, die von ihr ausging.

»Bitte Fritz, geh jetzt. Ich komme zu dir... bald.«

Ihre vollen Lippen formten einen Kuss, dann verschwand sie in der Bar.

Die Kinder hatten sich zurückgezogen, die italienische Familie war in einen Taxibus gestiegen, es war ruhig geworden in der Lobby. Er suchte sich ein bequemes Ledersofa, zückte sein Handy und gab eine Nummer ein.

»Fritz ! Endlich verdammt noch einmal, wo bist du?«

Es tat gut, die Stimme des Freundes und Kollegen zu hören.

»Hallo Charly! Du wirst es nicht glauben, ich bin in der Schweiz. Was läuft daheim? Hast du alles im Griff?«

»Gar nichts habe ich im Griff, ich bin auch nicht daheim. Dort herrscht das Chaos. Von mir will jeder wissen, wo mein Gruppenleiter ist. Die Herren vom Staatsschutz suchen nach einer Familie die ihnen aus einem Schutzprogramm entwichen ist. Hast du eine Ahnung, wo Basima El Din und ihre Kinder sein könnten? Ich denke, du weißt sehr genau, wo sie sind. Bist du völlig verrückt geworden, Fritz? Was geht hier vor? Klär mich auf, sofort bitte!«

Thurn erstarrte. Was wusste Klum?

»Wie soll ich wissen, was mit dieser Familie passiert ist? Ich bin in Urlaub, schon vergessen?«

»Urlaub, Urlaub! Verarschen kann ich mich gut alleine. Und was ist mit den Kennzeichen deines Wagens? Was bedeutet die SMS von wegen brauche deine Hilfe? Auch *schon vergessen*?«

Charly Klum war erregt, zornig.

»Was ist los mit dir, verflucht?«

Die SMS hatte er tatsächlich vergessen. Im ersten Durcheinander der Flucht aus der Villa hatte er sie abgesetzt, keine Sekunde länger daran gedacht.

»Hallo Fritz, hallo? Bist du noch dran?«

»Ja, Charly, ich bin da. Ich will am Handy über diese Dinge nicht reden. Sieh dich nach einer Telefonzelle um. Wähle diese Nummer und verlange nach mir, du musst 0041 44 vorwählen.«

Er gab ihm die Nummer des Hotels durch.

»Okay Fritz, ich melde mich.«

Zehn Minuten später, Thurn war in seine Zeitung vertieft.

»Telefon für Herrn Thurn, Herr Thurn, Telefon für Sie.«

Einer der Boys spazierte mit einem Namensschild durch die Lobby.

»Ja, hier, ich bin Thurn, wohin muss ich?«

»Zelle drei, mein Herr. Gegenüber bitte.«

Er nahm den altmodischen Hörer von der Gabel.

»Ja bitte, wer spricht?«

»Wer schon, Charly Klum. Also Fritz, leg los.«

»Wo hast du in Zeiten der Mobiltelefonie so schnell eine Zelle gefunden?«

»In meiner Pension, wenige Kilometer von dir entfernt. Ich bin in einem B&B in Wallisellen abgestiegen, zehn Kilometer vom Zürcher Stadtzentrum entfernt.«

Thurn war wieder sprachlos.

»Wie kamst du auf die Idee, hierher zu reisen? Was hast du vor? Bist du allein?«

»Natürlich bin ich allein, wäre dir lieber gewesen, ich hätte den Direktor mitgenommen?«

»Lass deine Witze, die Situation ist ernst.«

»Das kann man wohl so sagen, sehr ernst passt besser! Zumindest für dich, könnte ich mir vorstellen. Sag mir endlich was los ist, wie soll ich dir sonst helfen.«

»Was hast du vorhin gemeint mit den Kennzeichen?«

»Ach, nichts Besonderes! Nur die Kollegen der Kantonspolizei St. Gallen haben diese in einer Mülltonne gefunden und eine Anfrage an das BKA in Wien gestellt. Ich konnte offizielle Schritte verhindern, weil mich ein alter Freund darüber informiert hat.

Was ist mit den verdammten Kennzeichen los? Warum landeten sie in einer Mülltonne?«

»Das erkläre ich dir später. Überhaupt wäre es mir angenehmer, wenn wir uns treffen könnten. Ich muss nur einen Ort finden, wo dies unauffällig möglich ist.«

»Es wäre dem Herrn Oberst *angenehmer?* Wie nobel drücken wir uns auf aus? Notwendig! Es wäre dringend notwendig, dass wir uns treffen! So sieht es aus, mein Freund und Gruppenleiter.«

»Ja, ja. Du hast ja recht, wann kannst du hier sein, ich meine in der City?«

»In einer halben Stunde. Wo ist Treffpunkt?«

»Ich melde mich noch einmal. Bis später.«

Ein Blick in die Bar zeigte ihm die beiden Frauen im Gespräch vertieft. Gut so.

Er eilte aus dem Haus, fand in der zweiten Querstraße ein typisches Gasthaus samt Biergarten hinter dichten Hecken, dorthin bestellte er den Freund.

Bei Bier und Züri-Bratwurst, einer Spezialität des Wirtes, genossen die Freunde ein spätes Frühstück. Charly Klum hatte seinen Wagen gegenüber in einer Parkbucht abgestellt.

»Was hast du denen in der Firma gesagt, wer weiß noch, dass du hier bist?«

»Natürlich niemand. Wir haben Wochenende, Fritz. Ich bin rein privat unterwegs. So wie du, Urlaub sozusagen.«

Charly grinste schief, hob sein Bierglas und prostete ihm zu.

»Ich bin tatsächlich noch im Urlaub, fast könnte ich sagen Abenteuerurlaub. Du wirst das kaum verstehen können, ich hatte vor, die Kinder noch einmal zu befragen, wollte ihnen ein Foto von Uwe Klein vorlegen. Plötzlich war ich Teil eines Fluchtplanes. Ich fühlte mich für die Frau und die Kinder verantwortlich. So kam eines zum anderen.«

Sein Partner sah ihn zweifelnd an.

»Kann es sein, dass dem Herrn Oberst die Liebe einen Streich gespielt hat? Ich meine, die Dame ist immerhin außergewöhnlich, in jeder Hinsicht.«

»Wäre es so, wie du vermutest, wäre es allein meine Angelegenheit, deshalb wirst du von mir keine Antwort bekommen. Erzähle du mir, wie die Verhaftung gelaufen ist, wie seid ihr auf die Täter gekommen?«

Klum nickte und schilderte den gesamten Ablauf sowie den derzeitigen Stand der Ermittlungen.

Als er fertig war, bestellten sie noch zwei Biere und besprachen den weiteren Verlauf.

33

Der Maître d'Hôtel erwartete ihn an der Rezeption, in den manikürten Händen ein Kuvert.

»Madame hat dies für Sie hinterlegt.«

Sein hochmütiger Gesichtsausdruck ärgerte Fritz Thurn, was sollte das?

»Was ist mit Frau El Din? Warum schickt sie mir Post durch Sie?«

»Die Herrschaften haben es vorgezogen, ohne Sie abzureisen. Die Kosten für Ihren Anteil wurden beglichen. Ihr bescheidenes Gepäckstück erwartet Sie am Flur. Ich darf Sie bitten, dieses umgehend abzuholen, zumal wir neu belegen. Einen schönen Tag.«

Seine Hoheit deutete eine Verbeugung an und entschwand.

»Halt! Moment, warten Sie doch.«

Umsonst, der Maître war bereits im Lift verschwunden.

Zerknirscht nahm er in einem der tiefen Ledersofas Platz. Die Lobby war so gut wie leer. In eine New York Times vertieft, lümmelte *Mister Texashut* schräg gegenüber in einem tiefen Chesterfield-Stuhl. Er blickte kurz auf, ihre Blicke trafen sich. Thurn wandte sich ab, öffnete das Kuvert und entnahm ein einfaches Blatt Hotelpapier.

Geliebter Fritz,

mein Herz ist traurig, wenn ich diese Zeilen schreibe. Wir werden uns nie wieder begegnen, nie wieder in den Armen liegen, nie wieder einander berühren, nie wieder in den Tiefen knisternder Erotik versinken. Ich kann dir den Grund nicht sagen, ich muss dich verlassen. Ich wusste es von Anfang an, verzeih mir. Ich hätte mich nicht in dich verlieben dürfen. Bitte Fritz, versuche erst gar nicht, mich zu finden, meine Gründe zu erforschen, mir zu folgen. Du würdest dich in große Gefahr bringen. In Lebensgefahr!

Es war wunderschön mit dir, ich war im Himmel. Leider nur ein unerfüllter Traum.

Ich liebe dich,

Basima

Seine Hände zitterten zu stark. Es war ihm unmöglich das Blatt Papier zu falten.

Es entfiel ihm, segelte auf den tiefen Teppichflor der Hotelhalle. Minutenlang saß er reglos, den Blick starr auf eines der Gemälde gerichtet, die die Wände der Halle zierten, ohne die Darstellung wahrzunehmen.

»This should be yours.«

Texashut hielt ihm das Blatt hin, legte eine Visitenkarte auf die Lehne des Sofas und eilte in Richtung Hotelbar.

Thurn murmelte ein *thanks.*

In seinem Kopf war Watte. Ein Gefühl, als könne er seine Gedanken nie wieder steuern, die Zusammenhänge ordnen, sich konzentrieren. Seine Beine schienen ihm den Dienst zu verweigern. Auf dem Weg zu den Toiletten hatte er den Eindruck, er schwanke einem Seemann ähnlich über unruhige Schiffsplanken.

Die eiskalten Wasserspritzer taten dem Gesicht gut, langsam kehrte Ruhe ein.

Mit beiden Händen stützte er sich am Waschbecken ab.

Sein Spiegelbild war gnadenlos. Er schnitt eine Grimasse, fluchte.

»Was bist du nur für ein Idiot, hast du wirklich geglaubt, diese Frau würde deine Zukunft sein? Reiß dich endlich zusammen!«

Aufgebracht fuhr er sich durch sein schütteres Haar.

Zwei Japaner beobachteten ihn ängstlich von der Eingangstür aus.

Plötzlich musste er lauthals lachen.

»Hereinspaziert meine Herren aus dem Land der Kirschblüte. Keine Angst, ich bin völlig ungefährlich, ich bin nur ein Idiot.«

Er klopfte einem der beiden verdutzten Männer auf die Schulter, bevor er den Waschraum verließ.

Der Abschiedsbrief samt Visitenkarte lag unberührt an derselben Stelle. Er nahm beides an sich. Sein Blick fiel auf die Karte.

George W. Wiener, Trade Delegation / Embassy of the United States of America.

Handelsdelegation/amerikanische Botschaft in Zürich? Was will der Kerl von mir? Warum die Visitenkarte? Fritz Thurn blickte nachdenklich zur Bar.

Ein Drink könnte jetzt nicht schaden, mit diesem Gedanken machte er sich auf den Weg.

Texashut lehnte am Tresen, einen Bourbon vor sich.

»Hallo, sprechen Sie unsere Sprache?«

»Ich bin in Salzburg aufgewachsen, dort auch zur Schule gegangen. Sehr erfreut Sie hier zu treffen. George W. Wiener, alles andere haben Sie meiner Visitenkarte entnommen.«

Verblüfft fasste Thurn die dargebotene Hand des Amerikaners.

»Woher wissen Sie, wer ich bin, also meinen Namen, woher haben Sie den?«

»Oh, ich bin nicht überrascht, dass Sie überrascht sind. Meine Dienstbehörde hat mich hierher beordert, um mich ein wenig um Sie zu kümmern, falls es Schwierigkeiten geben sollte. Nun gibt es zwar keine Schwierigkeiten dafür ein Problem für Sie Herr Thurn, nicht für mich.«

»Wovon sprechen Sie? Wie kommen Sie darauf, dass ich ein Problem haben könnte?«

»Tja, ich habe mir erlaubt, einen Blick auf den Brief zu werfen, während Sie auf der Toilette waren. Nicht gerade lustig, was die Dame Ihnen mitteilt. *Verliebt!* Basima El Din verliebt in einen Kriminalkommissar, das muss man sich auf der Zunge zergehen lassen. Wenn das für Sie kein Problem ist? Okay, mich geht diese Sache weiter nichts an. Ich hatte nur den Auftrag, Sie unter Beobachtung zu halten. Was ich gemacht habe und nun nach dem Verschwinden der feinen Dame beenden werde. Die Frage ist, was werden Sie tun, Herr Thurn?«

Thurn blickte in die nun kalten Augen seines Gegenübers, plötzlich erinnerte er sich. Tobias Kroll hatte es einst erwähnt. CIA-Agenten gaben sich gerne als Bedienstete diverser Botschaften aus. Wiener dürfte ein derartiges Exemplar sein.

»Ich binde der CIA nicht auf die Nase, was ich tun werde oder nicht tun werde, richten Sie das Ihrem Boss aus. Schönen Tag, Mister Wiener.«

Er trank seinen Wodka aus. Den verblüfften Agenten ließ er stehen.

34

Über Uwe Klein, den Anführer, sowie einige Mitglieder der *Freimark zu Wolkenstein* war die Untersuchungshaft verhängt worden.

Der Bericht der Staatsanwaltschaft lag auf dem Schreibtisch vor Fritz Thurn.

Die beiden des Mordes verdächtigen *Staatsverweigerer* hatten ein Geständnis abgelegt.

Demnach hatten sie vom arabischen Kokain-Dealer Ahmed erfahren, dass eine syrische Familie im Nobelhotel eingecheckt habe und Ausflüge in der Umgebung plane.

Unter Einfluss von Alkohol und Kokain hätten sie den Plan gefasst, den verhassten Ausländern, die in einem derart teuren Hotel nächtigen konnten, einen Denkzettel zu verpassen. Sie beschafften sich die Waffe aus dem Versteck des Uwe Klein und suchten sich eine geeignete Stelle für den Überfall, wo dann der Campingwagen angehalten wurde. In weiterer Folge feuerte einer der Männer in einem wahren Rausch auf die Mitglieder der Familie. Danach flüchteten sie in Richtung Salzkammergut. Den am Tatort vorgefundenen getöteten Bauern hätten sie nie gesehen, daher auch nicht auf ihn gefeuert.

Thurn legte das Protokoll zur Seite, dessen Inhalt er Tobias Kroll in kurzen Worten geschildert hatte.

»Dann war also deine Theorie des zweiten Täters richtig. Wer könnte es gewesen sein? Ich habe während deiner Abwesenheit von den Amerikanern einen Kurzbericht bekommen. In diesem sagt der halbwegs genesene Billiger, Kuchanko habe ihn in den Abgrund gestoßen.

Nehmen wir an, Kuchanko fuhr danach alleine weiter. Er kam zum Tatort. Die beiden Mörder waren bereits geflohen. Ist er mit dem Bauern zusammengetroffen, hat ihn erschossen, weil er annehmen musste, dass dieser ihn verraten würde?«

»So oder ähnlich könnte es gewesen sein. Die Waffe aus dem ehemaligen Jugoslawien würde zu Kuchanko passen.«

»Dann müssen wir den Kerl nur noch finden. Unser Mann in Zürich hatte ihn unter Beobachtung, als er in der Nähe einer Villa herumspionierte, ihn aber danach verloren.

In der darauffolgenden Nacht wurden Ahmed und ein bislang nicht identifizierter Mann im Park dieser Villa erschossen. Wir wissen auch, dass in besagter Villa Basima El Din, die beiden Kinder und ein Mann nächtigten, bevor sie in ein Innenstadthotel zogen.

Wir nehmen an, dass Kuchanko diese Morde begangen hat, im Auftrag der Organisation, für die er tätig ist. Familie El Din ist verschwunden. Der mysteriöse Mann wieder an seinen Arbeitsplatz in Graz zurückgekehrt.«

Fritz Thurn hatte aufmerksam zugehört.

Sie wussten also Bescheid.

»Der Mann mit dem Texashut?«

Tobias Kroll nickte ernst.

»Ja, Fritz. Wir wissen mehr, als du denkst. Du bist in eine Sache gerutscht, deren Ausmaß du falsch eingeschätzt hast. Wo hält sich Basima derzeit auf? Es wäre enorm wichtig, dies zu wissen.«

»Ich habe keine Ahnung, das ist die Wahrheit. Was passiert jetzt?«

»Keine Angst, dein Ausritt in die Welt der Geheimdienste bleibt unter uns. Es gibt keinen Grund, deine Dienstbehörde darüber zu informieren. Wir gehen davon aus, dass du lediglich als Begleiter mit dabei warst, Basima die Flucht selbst geplant hat. Kein strafbarer Tatbestand. Wozu eine Staatsaffäre daraus machen?«

»Ich denke, wir sollten unser kleines Kriegsbeil begraben, Tobias. Danke.«

Sie reichten sich die Hände.

Thurn holte aus dem Kühlschrank zwei kleine Pils. Schweigend prosteten sie sich zu.

»Was wir jetzt brauchen, ist ein Spiel mit offenen Karten. Ich werde dir erklären, warum Basima El Din so wichtig für uns und andere Geheimdienste ist. Dazu muss ich etwas ausholen.

Ihr Vater war ein vermögender, hoch angesehener Zahnarzt in Damaskus. Er wurde Jahre vor dem Krieg von regierungstreuen Mördern hingerichtet. Das Regime verdächtigte ihn, feindliche Rebellengruppen zu unterstützen. Basima floh daraufhin nach Aleppo, wo sie in einer Klinik als Ärztin tätig war. Beeinflusst von ihrem Vater, hielt sie weiterhin Kontakt zu den Rebellen.

Das Verhältnis zu Ehemann Baschnar, damals noch leitender Oberst in der Armee des Regimes, war gebrochen. Sie hatte die Kinder nach Aleppo mitgenommen. Bald danach entführte der Vater Adil und Amira, versteckte diese an einem geheimen Ort. Alle Versuche der Mutter ihre Kinder zurückzuholen, scheiterten. Basima arbeitete nun vermehrt für die Rebellengruppe *Gottes Sterne* indem sie Verletzte versorgte, Gelder spendete und nach Unterstützern suchte.

Wir wissen nunmehr, dass sie in der Zeit, als sie noch mit Baschnar zusammen war, aus dessen Tresor einen USB-Stick mit geheimen Daten über ein bewaffnetes Flugobjekt gestohlen hatte. Weiters ließ sie einen Stick mit Passwörtern mehrerer geheimer Konten in der Schweiz mitgehen. Darauf liegt jede Menge Geld. Wir sprechen hier von Millionen aus Korruptionsgeschäften ihres Mannes und seiner Freunde.

Als der Oberst den Diebstahl bemerkte, war ihm bald klar, dass Basima dahintersteckte. Sie musste fliehen. Ihre Kinder blieben zurück. Basima reiste mit Unterstützung ihrer Mutter, die schon nach dem Tod des Vaters nach Liechtenstein aufgebrochen war, über Griechenland nach Wien. Nach unseren Informationen wurden einige der Konten abgeräumt, bevor Baschnar reagieren konnte.

Die Gelder sind verschwunden. Da Basima weiterhin beste Kontakte zur Rebellengruppe hat, ist anzunehmen, dass diese von ihr auch mit hohen Summen unterstützt werden.

Ihre Ehe mit Hannes Dullin war kein Zufall. Mit Sicherheit wollte Basima über ihren Ehemann an geheime Dokumente der Atomenergiebehörde herankommen. Weiters war es von Vorteil für sie, einen Mann seiner Stellung zu haben, um ihre Kinder nachzuholen. In Wahrheit hatte diese Frau nie die Absicht, bei Dullin in Österreich zu bleiben. Ihr Ziel und das der Rebellen ist nach wie vor die Machtübernahme in der Heimat.

Sie wollen mit allen Mitteln das Regime stürzen, dazu sind diese Leute zu allem fähig. Auch Basima würde über Leichen gehen für ihr Lebenswerk, wie sie es nennt. Inwieweit man die Absichten dieser Leute beurteilen soll, ist höhere Politik und hat uns nicht zu interessieren. Wir haben unser Land zu schützen, das ist Auftrag und Grundlage unserer Arbeit. Warum Basima El Din ausgerechnet dich um den Finger wickelte, hat ebenso seinen guten Grund. Ein Glücksfall für die Dame. Sie brauchte dich, brauchte dich für die Flucht in die Schweiz, für einen reibungslosen Grenzübertritt und als Schutz vor Leuten wie Kuchanko, Ahmed und diesen Mann an dessen Seite. Wir nehmen an, dass es sich bei ihm um einen Auftragsmörder handelte, der Basima erledigen und die Kinder zurückbringen sollte. Der Auftrag kam wahrscheinlich von Baschnar El Din, der unbedingt die Pläne sowie die Datenträger zurückhaben will.«

Fritz Thurn hatte schweigend zugehört.

»Hättet ihr mir das viel früher gesagt, ich hätte ganz anders gehandelt.«

»Du meinst, du hättest dich nicht in diese Frau verliebt? Fritz sei mir nicht böse, das kann ich nicht glauben. In deinen Augen sehe ich die Zweifel über meine Worte, du willst die Wahrheit nicht akzeptieren. Es wird mehr brauchen, dich zu überzeugen, dass Basima El Din nichts anderes ist als eine berechnende, eiskalt handelnde Kämpferin, wir nennen so etwas Terroristin.«

Die Halsader, untrügliches Zeichen für seine Erregtheit, schwoll an. Thurn schnaufte hörbar durch, er zwang sich ruhig zu bleiben.

»Was passiert jetzt? Ich will wissen, wie es weitergeht, Tobias.«

Das Handy des Agenten summte.

»Kroll! Hallo?«

Tobias Kroll lauschte, sein Gesichtsausdruck veränderte sich, innerhalb von Sekunden war er blass geworden. Er murmelte ein leises verstanden, steckte das Telefon weg und sah Thurn an.

»Wir haben einen Einsatz. Terrorüberfall in Wien, ein bekanntes Haubenlokal ist das Ziel. Mehr ist noch nicht bekannt. Ich muss sofort zurück!«

»Ich komme mit«, sagte Thurn und sprang auf.

»Was willst du dort? Das ist Sache der Einsatzgruppen, du kannst nicht einschreiten.«

»Glaubst du ich weiß das nicht? Trotzdem will ich mit mein Bauchaffe, sagt mir das.«

Kroll schüttelte ob dieser Erklärung den Kopf.

»Meinetwegen komm, wir müssen los. Ich nehme dich mit bis in die Stadt, dort lass ich dich irgendwo raus, es ist mir zu gefährlich mit einem Mann, der sich von seinem Bauchaffen dirigieren lässt. Jetzt mach schon, ich habe keine Zeit.«

35

ÖBB Railjet RJX rollte pünktlich um 06:40 Uhr aus dem Hauptbahnhof Zürich mit dem Ziel Wien Hauptbahnhof.

Drei Personen machten es sich in einem der exklusiven Business-Abteile gemütlich.

Die letzten Tage vor der Abreise waren sie in einem unscheinbaren Hotel nicht weit vom Bahnhof entfernt untergetaucht.

Keiner von ihnen hatte während dieser Zeit das Haus verlassen.

Umso mehr genossen sie das ausgezeichnete Frühstück, serviert vom freundlichen Bordservice direkt an ihren Sitzplatz im Abteil.

Adil stritt sich mit seiner Schwester Amira um eines der süßen Croissants, die zusammen mit Kaffee und Fruchtsäften auf einem Tablett angerichtet waren.

»Seid nicht kindisch, wir bestellen etwas nach, es ist genügend vorhanden, keine Sorge. Ihr benehmt euch wie kleine Raubtiere.«

Basima El Din lächelte. Liebevoll strich sie den beiden Kindern über deren Wangen. In ihren Augen war ein kurzes Aufflackern, eine Art Traurigkeit erkennbar. Sie dachte an ihre Mutter, die sie am Vorabend in ein Taxi gesetzt hatte. Sie sollte nach Liechtenstein zurückkehren.

Zuvor hatte Basima der schlafenden Amira den kleinen Stoffpanda Bobo abgenommen, die Naht am Rücken des Bären aufgetrennt, zwei USB-Sticks aus dem Inneren der Puppe entnommen, diese in einer Folie verpackt, mit Klebeband sorgfältig umwickelt und in einem verdeckten Seitenfach von Mutters Koffer verstaut. Bobo war wieder aufmerksam zugenäht, im warmen Bett von Amira gelandet. Vorher hatte Basima dem Stofftier zugeflüstert: »Braver Bobo, hast sie alle ausgetrickst, pass auf mein Mädchen auf.«

Ihre Mutter würde wissen, wie sie mit dem brisanten Material umzugehen hatte. Basima stand vor ihrem letzten großen Auftrag, den es zu erledigen galt. Sie blickte auf die Armbanduhr.

»Ihr müsst euch langsam fertigmachen, in zehn Minuten erreichen wir Innsbruck.«

»Ich will mitkommen, Mom! Ich will nicht wieder allein sein, ohne dich. Wer weiß, wann du zurückkommst. Ich habe Angst.«

Amira schmiegte sich an ihre Mutter, eine Träne tropfte auf die dunkle Bluse.

»Brauchst du nicht, mein Liebling. Ihr steigt in Innsbruck aus, ein Zimmer im Hotel am Bahnhof ist für euch reserviert. Dort nistet ihr euch gemütlich ein, die Papiere habt ihr. Vergesst nicht eure neuen Namen. Am besten ihr redet so wenig wie möglich mit anderen Menschen, keinesfalls über eure Herkunft und Vergangenheit, okay? Schaut euch das Herz der Alpen, wie Innsbruck genannt wird, an. Es ist eine Universitätsstadt, viele junge Menschen leben, studieren und genießen das Flair dieser herrlichen Stadt. Macht mit, es wird euch gefallen.«

Die Kinder sahen nicht den Schleier der Traurigkeit, der über das Antlitz der Mutter gefallen war.

»Ich muss unbedingt nach Wien, eine letzte wichtige Erledigung. Danach komme ich zurück, hole euch ab und wir fliegen irgendwo hin. Macht euch Gedanken darüber, wir wollen ab sofort das Leben genießen, das verspreche ich euch.«

»Diese letzte Erledigung? Was ist das? Warum sagst du uns nicht, was du vorhast? Wir sind deine Kinder, uns kannst du doch vertrauen!«

Adil sah in die feuchten Augen seiner Mutter.

»Ich muss in Wien Formalitäten wegen meiner Ehe mit Hannes erledigen. Es ist notwendig, ansonsten habe ich ständig die Behörden im Rücken, ich will aber Ruhe haben, vor allem, um mit euch eine schöne Zukunft zu erleben. Außerdem muss ich einige Weichen stellen, eben für diese Zukunft, für ein schönes Leben in Frieden, das verstehst du doch, Adil?«

Der junge Mann nickte, zufrieden war er mit der Antwort nicht.

»Wäre es so einfach, würdest du uns mitnehmen. Es macht mir Sorge, ich lasse dich nicht gerne alleine fahren! Mom, ich bin erwachsen, ich kann dir in allen Angelegenheiten eine Hilfe sein, vergiss das bitte nicht.«

»Danke Adil, danke, aber ich kann mich freier bewegen, wenn ich euch beide in Sicherheit weiß, wir können nicht sicher sein, ob ein neuerlicher Anschlag oder eine Entführung geplant ist. Also sei vernünftig, ihr habt neue Papiere, eine neue Identität, ihr bleibt in Innsbruck. Und du passt auf deine Schwester auf, versprochen?«

Dass ihre Mutter die Kinder nach Liechtenstein holen würde, verschwieg sie ihnen.

Der Zug fuhr in Innsbruck ein, plötzlich ging alles schnell. Die Kinder schnappten ihre Taschen, ein flüchtiger Abschiedskuss und schon standen sie winkend auf dem Bahnsteig.

Lange saß Basima im Abteil, das Gesicht in den Handflächen verborgen, leise schluchzend.

Ein energisches Klopfen schreckte sie hoch. Eine Polizistin in voller Montur stand im Abteil.

»Guten Tag. Zeigen Sie mir bitte ihren Ausweis.«

Basima wischte sich über die Augen, kramte in ihrer Tasche nach dem Reisepass.

»Darf man fragen, wohin die Reise geht?«

Der Blick der jungen Beamtin war misstrauisch. Der Schweizer Pass schien für sie nicht zur Person zu passen.

»Ich bin geschäftlich unterwegs nach Wien. Ich habe gerade eine Trauernachricht erhalten, bitte entschuldigen Sie meine Gefühle.«

Als die Kontrolle vorbei war, Basima hatte nicht damit gerechnet, dass Züge auch im Inland überprüft wurden, vorzugsweise dann, wenn diese aus einem Drittland wie der Schweiz kamen, schnaufte sie erleichtert durch.

Die Polizistin wäre überrascht gewesen, hätte sie den Inhalt der Reisetasche überprüft und Utensilien vorgefunden, die nicht in die Tasche einer Dame gehörten.

Noch einmal Glück gehabt, dachte Basima, sich entspannt zurücklehnend.

36

Der starke Dienstwagen raste mit Höchstgeschwindigkeit über die ausnahmsweise einmal wenig befahrene A2 in Richtung Wien.

Tobias Kroll hatte Blaulicht am Dach platziert, fegte per Martinshorn die Überholspur leer.

Vier Radaranlagen zählte sein Beifahrer. Jede blitzte aufgeregt angesichts des übermäßigen Rasens. Sie schafften die knapp 200 Kilometer in die Innenstadt von Wien in einer Stunde und vierzig Minuten.

Das Gelände rund um das Lokal im noblen Viertel am Graben war weiträumig abgesperrt. Über der Stadt kreisten Polizeihubschrauber.

Uniformierte Polizeieinheiten hatte alle Hände voll zu tun, die neugierigen Gaffer und die nach Sensationen lechzenden Presseleute vom eigentlichen Tatort fernzuhalten.

Das mit vier *Gault Millau Hauben* ausgezeichnete Spitzenrestaurant *Chez Kerschy* stand im Mittelpunkt des terroristischen Geschehens.

Exzellente Küche in Liaison mit einem begnadeten Weinkeller hatte dem Lokal zu Ruhm verholfen. Für die vielen außergewöhnlichen Kreationen aus regionalen Produkten seiner Heimat Steiermark in Variation zu internationalen Zutaten war der Maître de Cuisine, Martin Kerschy, mehrfach ausgezeichnet worden.

Das *Chez Kerschy* empfing höchste Prominenz als Stammgäste. Heute war das Lokal für die Öffentlichkeit geschlossen geblieben, eine kleine Delegation arabischer Diplomaten hatte zu einer Geburtstagsparty geladen. Die Tochter eines Machthabers in Vorderasien stand im Mittelpunkt der Feierlichkeiten.

Knapp hinter der Absperrung nahm ein Bus, die fahrbare Einsatzzentrale der Sondereinheit zur Terrorbekämpfung, die Sicht auf das Lokal. Kroll parkte seinen Dienstwagen in einer Seitenstraße. Nach Vorlage seines Ausweises hatte man ihn dorthin dirigiert.

Die Tür des Busses sicherte ein bulliger Polizist grimmigen Aussehens. Erst die Nachfrage über Funk gestattete Kroll und Thurn, er hatte sich nicht abwimmeln lassen, den Zutritt. Kroll kannte alle Anwesenden, stellte Thurn vor und ließ sich in einen der einfachen Stühle fallen.

Den Einsatz leitete eine Frau.

Thurn war überrascht, ob des jugendlichen Aussehens derselben. Er schätzte sie auf dreißig bis fünfunddreißig Jahre. Nach seiner Ansicht zu jung für eine derart verantwortungsvolle Aufgabe.

»Oberst Fritz Thurn? Der bekannte Mordermittler und Reiseleiter? Nett Sie kennenzulernen, Herr Oberst. Mein Name ist Helleweg. Ich leite das Ding hier. Ich erwarte, dass Sie sich nicht einmischen. Meinetwegen bleiben Sie auf diesem Stuhl sitzen, mehr gestatte ich nicht!«

Die letzten Worte kamen kurz und scharf, passend zum kalten Blick.

Schon gut, Eiszapfen. Ich kann warten, dachte Thurn, der Dame sein schönstes Lächeln schenkend. Was mache ich hier, überlegte er, ich wäre besser in Graz geblieben, dort hat man mir gegenüber wenigstens den nötigen Respekt.

»Na, Fritz? *The Icy* kennengelernt? Die ist sogar mir zu kalt, das will etwas heißen. Die Eisige, der einzig wahre Name für Frau Major Helleweg. Findest du nicht auch?«

»Ach weißt du Tobias, mir ist die Lady egal, ich schau mir das hier einfach in Ruhe an. Kannst oder darfst du mir sagen, was bisher bekannt ist?«

»Nicht viel. Ein vermummter Terrorist hat eine Gruppe von Arabern, sechs an der Zahl in seiner Gewalt. Alle Mitglieder einer Geburtstagsparty.

Der Kerl ist schwer bewaffnet, Sprenggürtel und so. Er hat bislang keine Forderung gestellt, will mit dem Innenminister persönlich verhandeln. Der war in Brüssel, man holt ihn mit einem Militärjet, dürfte innerhalb der nächsten Stunde hier sein. Vorher passiert nichts, der Geiselnehmer meldet sich nicht mehr.

Man hat noch kein Wort mit ihm gesprochen, die Konversation lief über SMS. Hat sich zuerst schlimmer angehört. Das Dreckschwein kriegen unsere Spezialisten. Tot oder lebendig. Besser wär ohnehin tot.«

»Warum wäre das besser?«

»Weil wir dann keine Scherereien und Kosten mit diesen Scheißkerlen hätten. Auge um Auge heißt es doch, weg mit dem Gesindel, oder siehst du das anders?«

Fritz Thurn sah es anders, äußerte sich aber nicht gegenüber dem Kollegen. Für ihn galt seit jeher das rechtsstaatliche Prinzip. Demzufolge hatte jeder, auch ein Terrorist, das Recht auf ein faires Verfahren vor einem ordentlichen Gericht.

Er hasste diese radikalisierte Sprache, diese primitiven, banalen Ausdrücke der Verachtung gegenüber Menschen anderer Kulturen, anderer Religionen, ja sogar anderer politischen Parteien.

Viel zu oft wurde in diesen Tagen eine gefährliche Sprache von den Menschen im Lande, über die *Sozialen Netzwerke* verbreitet.

Für derlei Hetze verantwortliche Parteien aus einigen Teilen des vereinten Europas befeuerten dieses abscheuliche Verhalten zusätzlich, in der Hoffnung auf die Stimmen dieser mit wenig Intellekt gesegneten Radaubrüder aller Altersstufen.

Achte auf deine Sprache, deine Stimme ist dein wertvollstes Gut, so hatte es ihm sein Vater stets eingebläut. Daran hatte er sich ein Leben lang gehalten.

Eine junge Polizistin brachte Essbares, dazu frischen Kaffee.

Coffee to go, Cheeseburger, Pommes, nicht gerade das, was der Oberst unter einer gesunden Jause verstand. Er dachte an köstliche Spezialitäten auf dem Markt des Grazer Hauptplatzes, während er einen der Pappbecher schnappte, sich beim ersten Schluck die Zunge verbrannte.

»Verdammt noch einmal, ist das heiß! Gibt es auch Wasser?«

Die Polizistin deutete lachend auf eine Palette voll kleiner Wasserflaschen.

»Kühlflüssigkeit steht da hinten, Herr Oberst.«

»Es fällt auf. In letzter Zeit nehmen mich die jungen Kolleginnen vermehrt auf den Arm. Bin ich tatsächlich schon so ein alter, seniler Tölpel? Sag schon, Tobias?«

»Ganz und gar nicht, lieber Oberst. Die Mädchen machen dich an. Dein väterlicher Charme gefällt ihnen. Und das wichtigste, sie haben die

Gewissheit, von dir nicht umgehend flach gelegt zu werden. Tja, so sind sie, die Frauen der neuen Generation.«

Tobias Kroll lachte schallend.

»Ja, ja, Kroll, du mich auch«, murmelte Fritz und schnappte sich eine Wasserflasche.

Plötzlich kam Bewegung in die angespannte Atmosphäre im Einsatzwagen. Major Helleweg lauschte am Telefon, dann kamen prägnant kurze Befehle. Innerhalb von Sekunden hatte jeder seinen Platz an einem der Bildschirme eingenommen.

Das stets gleiche Prozedere einer Geiselnahme kam in Fahrt.

»Der Minister ist zugeschaltet. Verbindung zum Täter herstellen!«

Das Anrufsignal erschien überlaut in der von Ruhe geprägten, angespannten Erwartungshaltung. Nach dem zehnten Rufton meldete sich eine verzerrte Stimme.

»Ana ›asmae!«

»Ist Arabisch und bedeutet: Ich höre«, flüsterte ein Übersetzter.

»Guten Tag, mein Name ist Major Helleweg. Ich möchte mit Ihnen sprechen, verstehen Sie meine Sprache?«

Es blieb still in der Leitung.

Frau Major schaute nervös zum Mann am Computer. Der zuckte die Schultern.

»Wir können uns in deutscher Sprache unterhalten. Jedoch nicht mit Ihnen. Ich spreche nur mit dem zuständigen Minister. Sie haben eine Minute.«

Die Leitung war unterbrochen. Der Analyst für Spracherkennung gab einige Befehle in sein Notebook ein. Er runzelte die Stirn.

»Gutes Deutsch, minimaler arabischer Einschlag. Das ist kein Mann, eher ein Mädchen oder eine Frau! Ziemlich sicher, die Stimmlage deutet es an. Zwar verzerrt durch ein Tuch oder Ähnliches über dem Mikro, ansonsten glasklar eine Frau.«

»Eine Frau? Verdammt, das ist neu.«

The Icy nahm die *NY*-Baseballmütze ab, fuhr sich durch das extrem kurz gehaltene Haar.

»Achtung, ich habe den Minister, ich stelle durch!«

Es knackte kurz, dann wieder die verstellte Stimme.

»Wer sind Sie?«

Ein kurzes, der Nervosität geschuldetes Räuspern war zu hören.

»Mein Name ist Gerd Kotzinger, Minister für innere Angelegenheiten. Was kann ich für Sie tun, was sind Ihre Forderungen?«

»Sie müssen sich identifizieren. Wann ist Ihr zweites Kind geboren, wann haben Sie geheiratet, Sie haben drei Sekunden!«

Der Minister stotterte kurz, konnte aber die Fragen schnell beantworten.

»Gut so. Ich vertrete die unabhängige Befreiungselite *Gottes Sterne.* Wir kämpfen gegen das mörderische Regime, welches unsere Heimat unterdrückt, unsere Familien ermordet, unser aller Leben zerstört. In den unwürdigen Gefängnissen werden sechs Kämpfer unserer Bewegung unter schlimmsten Bedingungen festgehalten, diese jungen Männer erwartet ein grausamer Tod.

Ich habe sechs Personen in meiner Gewalt, ich nehme an Sie wissen bereits, welcher Familie des Regimes diese Leute angehören. Ihr Leben gegen die Freiheit und das Leben der inhaftierten Brüder. Sechs gegen sechs, das ist Gerechtigkeit. Sie haben zwölf Stunden Zeit, die nötigen Schritte vorzubereiten. Morgen um 06:00 Uhr erwarte ich eine Vollzugsmeldung. Von Ihnen persönlich. Spätestens um 06:15 Uhr stirbt die erste Person dieser feinen Gesellschaft.«

Das Gespräch war beendet.

»Ich will sofort den Einsatzleiter sprechen!«

Die zuvor zittrige Stimmlage des Ministers hatte nun wieder den üblichen Klang der Mächtigen angenommen. Arrogant, lautstark keinen Widerspruch duldend.

Bewegung kam in die Truppe. Thurn wurde angerempelt, es wurde geflucht, Telefone summten, Menschen sprachen durcheinander.

»Ruhe! Ich sagte Ruhe!«

Frau Major brüllte wie ein Bulle, gar nicht passend zur eher zierlichen Gestalt. Die Wirkung war phänomenal, man konnte die oft zitierte Stecknadel fallen hören.

»Na also, geht doch. Wir gehen folgendermaßen vor....«

37

Naturgemäß brachten die Spätnachrichten den Terrorüberfall in größtmöglicher Aufmachung samt einer Unzahl an Experten und Analytikern der verschiedensten Themenbereiche.

Fritz Thurn war kurz nach dem Einsatz des Ministers gegangen. Er passte nicht zu den Spezialisten am Tatort, fühlte sich überflüssig. Tobias hatte ihm eine Unterkunft im Gästebereich der Polizeikaserne besorgt. Dort lag er auf dem einfachen Bett und verfolgte die Sendung. Die erste These, wonach es sich um eine Frau handeln sollte, hatte sich nicht bestätigt. Eine weitere Analyse besagte, dass durch die Verzerrung der Stimme keinesfalls ein Rückschluss auf das Geschlecht möglich sei.

Erleichtert atmete er durch. Die Hoffnung, dass Basima nichts mit der Geiselname zu tun hatte, lebte.

Er wusste, die Rebellengruppe *Gottes Sterne,* stand hinter dem Attentat. Dabei handelte es sich um die Rebellen, die Basima vorwiegend als Ärztin und als Geldgeberin unterstützt hatte.

Er konnte sich gut vorstellen, dass die Aufzeichnungen am USB-Stick, die ein neuartiges Flugobjekt, welches mit Waffen bestückt werden konnte, für diese Gruppe von großem Interesse war.

Basima als Geiselnehmerin?

Nein, das konnte er sich keinesfalls vorstellen. Das war sehr weit hergeholt, auch wenn Tobias Kroll und seine Begleiter aus dem BKA diesen Verdacht anklingen hatten lassen.

Er schaltete das TV-Gerät ab. An Schlaf war nicht zu denken, zu sehr drehten sich seine Gedanken um Basima. Wusste er auf der einen Seite, dass ihre intime Beziehung ein schnelles Ende gefunden hatte, so glimmte ein kleiner Hoffnungsschimmer in seinem Herzen.

Er liebte diese Frau nach wie vor. In seiner innersten Vorstellung ruhte noch immer der stille Gedanke eines Wiedersehens.

Das ständig vibrierende Handy riss ihn aus einem Tiefschlaf. Er wusste spontan nicht, wo er sich befand, tastete nach dem Gerät. Es knallte auf den Boden, wo es sich drehte wie ein Kreisel. Endlich gelang es ihm, das Telefon zu fassen.

»Ja, bitte, Thurn hier.«

»Ich wollte schon den Notarzt rufen dachte jetzt hat ein Infarkt dein leidendes Herz getroffen. Guten Morgen, Oberst. Es geht weiter, ich warte auf dich im Hof. Beeilung. Es ist bereits fünf Uhr. In einer Stunde fällt eine Entscheidung.«

Kroll kicherte aufgekratzt.

Thurn sprang aus dem Bett, eilte zum altmodischen Waschbecken. *Katzenwäsche* war angesagt. Rein in die Kleider und runter in den Kasernenhof, wo der DSN-Agent bereits im Wagen mit laufendem Motor wartete.

Eine halbe Stunde später waren sie am Tatort. Frau Major sah nicht aus, als hätte sie in dieser Nacht Schlaf gefunden. Sie schlürfte aus einer Tasse starken schwarzen Kaffee. Man hatte eine elektrische Kaffeemaschine aufgetrieben.

Neu waren auch die Männer der Einsatztruppe. Sie standen in Gruppen zusammen, ausgerüstet mit den modernsten Waffen, die es aktuell am Markt gab. Auf dem Dach gegenüber lagen zwei Scharfschützen in Position.

Diese Männer waren bereit für den *Finalen Rettungsschuss*, falls dieser nötig würde.

Ein schwarzer Daimler hielt direkt neben dem Einsatzbus. Zwei Beamte in Zivil sicherten den Ausstieg des Ministers und dessen kurzen Weg zur Tür des Busses.

»Wir bleiben vorläufig hier im Wagen. Frau Major will außer den Leuten des engsten Stabes niemanden im Bus haben. Verständlich, sie hat einen schwierigen Job zu erledigen. Dies sind die Augenblicke, wo ich froh bin, nicht mehr im Polizeidienst, sondern beim Staatsschutz zu dienen. Hier kannst du nur verlieren. Geiselnahme durch Islamisten ist so ziemlich die größte Scheiße, die dir als Leitender passieren kann.«

Thurn nickte, lehnte sich zurück, zerbrach eine Virginia und blies den Rauch durch das geöffnete Fenster in die noch kühle Morgenluft.

Die Verhandlungen zogen sich in die Länge. Der Versuch, einen eigens für solche Geiselfälle geschulten Vermittler einzuschalten, scheiterte umgehend. Die Verhandlungen sollten nach dem Wunsch des Geiselnehmers einzig mit dem Minister laufen.

»Die Leute vom BKA haben in der Nacht eine interessante Studie auf die Beine gestellt. Wird dich interessieren. Als die Geiseln gestern am Abend durch den Wirt verpflegt worden waren, vergessen wir nicht, es handelt sich beim Ort des Geschehens um einen feinen Gourmet-Tempel, hat dieser auch den Terroristen bedient. Man speiste Rinderragout mit diversen Pasta-Beilagen.

Der Täter sendete und empfing nebenbei ständig Nachrichten über sein Handy. Ein unbekanntes Ziel im arabischen Raum. Man ist damit beschäftigt, diese Meldungen zu entschlüsseln.

Er dürfte zum Senden dieser Nachrichten keine Handschuhe getragen haben. Zum Essen zog er diese wieder über. Allerdings dürfte ihm eine Gabel entfallen sein, die er ohne Handschuhe aufhob. Der Wirt hatte den Vorfall beobachtet. Schlaues Kerlchen. Er servierte ab, steckte besagte Gabel unbemerkt in die Hosentasche und entsorgte sie bei einem ihm erlaubten Gang zur Toilette durch das Fenster in den Innenhof.

Zum Glück fiel das Ding auf eine Kiste mit leeren Flaschen, wodurch ein lautes Geräusch entstand. Dies hörte wiederum ein Polizist, der zur Sicherung im Hinterhof aufgestellt war. Er schaute nach, ebenso schlaues Kerlchen und brachte die Gabel zu Major Helleweg.

Die übergab sie an das Labor im Bundeskriminalamt, wo das Ding sofort einer genauen Analyse unterzogen wurde. Man fand mehrere Fragmente von Fingerabdrücken. Alles lief durch den europäischen Zentralcomputer. Hier wurde man teilweise fündig. Ein Abdruckfragment ist zu etwa fünfundsiebzig Prozent mit den Abdrücken von Basima El Din identisch.

Das kann etwas heißen, muss aber nicht. Allerdings ergibt sich zusammen mit der ersten Vermutung, es handle sich um eine Frau, eine gewisse Verdachtslage, der man nachgeht. Frage mich nicht, wie sie das anstellen.«

Fritz Thurn blickte den kleinen Rauchringen nach. Plötzlich hatte er Kopfschmerzen.

All seine Hoffnung war dahin. Konnte es sein, dass er sich im Menschen Basima so sehr geirrt hatte? War ihre kurze, intensive Gemeinsamkeit von ihr nur gespielt gewesen?

Vor seinem geistigen Auge sah er ihre aufregende Nacktheit, die fordernden Lippen, spürte den federnden Körper, ihre Lust, das wohlige Stöhnen.

Alles nur gespielt?

Durchdachte Attrappe, Schauspielerei?

Er spürte, wie sich seine Augen mit Tränen füllten. Hastig stieg er aus, lief einige Schritte durch die wohltuende Frische des Morgens.

Dann fasste er einen Entschluss.

Festen Schrittes ging er auf die Tür des Einsatzbusses zu.

Der bullige Kollege hielt ihn am Ärmel fest.

»Hier darfst du nicht rein, Freund. Mach keine Umstände, ich darf dich nicht durchlassen.«

»Ich muss aber rein. Vorschlag, Kollege. Du rufst über dein Funkgerät, Frau Major, ich spreche mit ihr, alle sind zufrieden. Na? Was ist, du wirst einem alten Oberst nicht eine Bitte abschlagen, nicht wahr?«

Das Zögern dauerte, dann kam der Entschluss, Fritz schmunzelte.

»Danke dir«, sagte er ehrlich erfreut.

»Was wollen Sie Thurn? Ich habe zu tun?«

»Ich kann helfen, glaube mir Kollegin, ich kann dir helfen.«

Lange Zeit Stille.

Offenbar war *The Ice* über die kurze persönliche Anrede überrascht. Sie war es nicht gewöhnt, das *Du* zu gebrauchen, hatte es sich zur Prämisse gemacht, alle Mitarbeiter per *Sie* anzusprechen.

»Okay lassen Sie ihn durch.«

Im Bus herrschte gespannte Stille. Es war 06:20 Uhr. Die gewährte Zeit seit fünf Minuten abgelaufen. Der Minister saß im schweißnassen Hemd auf einem der einfachen Kunststoffstühle.

Sein Blick hob sich.

»Wer ist das?«

»Mein Name ist Fritz Thurn, Oberst am Landeskriminalamt Graz. Ich hatte am Rande mit dem Fall zu tun. Glaube ich zumindest, es sieht so aus…,«

Weiter kam er nicht.

»Sie glauben? Ich denke eher Sie sind verrückt! Sie stören hier eine polizeiliche Maßnahme, die durch jede Verzögerung aus dem Ruder laufen kann. Setzen Sie den Mann vor die Tür, Major!«

Der Minister hatte die letzten Worte hysterisch gebrüllt.

Der ist völlig fertig, dachte Thurn, wie will der noch die richtigen Entscheidungen treffen?

Er streckte sich durch, stand in voller Größe vor dem schwitzenden Politiker.

»Mit Verlaub, Herr Minister. Soweit ich die gesetzlichen Grundlagen von Polizeiarbeit kenne, leitet Frau Major Helleweg diesen heiklen Einsatz. Ihr obliegt die Verantwortung, nicht Ihnen.

Und soweit ich es mitverfolgen konnte, macht sie diese Arbeit hervorragend. Wenn nun ich der Ansicht bin, wesentlich zum Erfolg beitragen zu können, so wird darüber Frau Major Helleweg entscheiden, nicht Sie. Ich denke, wir haben uns verstanden. Ihre Aufgabe mag es sein nach dem Einsatz, möge dieser wie auch immer ausgehen, die nötigen Konsequenzen über richtiges oder falsches Handeln zu ziehen.

Jetzt, in diesen Augenblicken während des Einsatzes bestimmen die Organe der Polizei die nötige Vorgangsweise.«

Die meisten Anwesenden sahen betreten zu Boden oder suchten scheinbar wichtige Dinge in Schubladen und Ordnern.

Herr Minister war sprachlos.

Lediglich Major Helleweg und Oberst Thurn hatten ein feines Lächeln um die Mundwinkel.

»Was wolltest du mir raten, Fritz?«

»Ich bin sicher, die Täterin zu kennen, ich sage bewusst Täterin.

Ich schlage vor, wir sprechen die Dame mit ihrem Namen an, wir werden sehen, wie die Reaktion ist. Ist es so, wie ich vermute, werde ich mit ihr sprechen und sie zur Aufgabe überreden können.«

Helleweg überlegte, sie war nicht dumm.

»Die Dame da drinnen, ist sie jene, die vor einiger Zeit in die Schweiz flüchtete?«

Thurn nickte. Helleweg wusste Bescheid.

»Die Situation ist verzwickt. Dem Ministerium ist es nicht gelungen, in der kurzen Zeit mit den Machthabern des betreffenden Staates Kontakt aufzunehmen. Auf andere Weise wird es aber nicht möglich sein, die Forderungen der Terroristin zu erfüllen. Wir haben ihr das auch mitgeteilt. Bisher keine Antwort erhalten, sie scheint zu überlegen. Zum Glück gibt es noch keinen Toten, wie angekündigt.«

»Ich denke sagen zu können, dass es auch keine Toten geben wird, das ist nicht ihr Stil, wenn es die Frau ist, die ich meine. Rufen wir sie an, ich rede mit ihr, okay?«

Ganz überzeugt war *The Ice* noch nicht.

»Was ist, wenn sie trotzdem schießt? Wenn ihre Nerven nicht mitspielen, sie durchdreht?«

»Es bleibt so oder so ein Risiko, keines sehe ich darin, mit ihr erst einmal zu sprechen.«

Lange tönten die Anrufsignale aus dem Lautsprecher neben dem PC. Die Spannung im Raum war greifbar, es roch nach Schweiß.

Aus Angst oder Hitze? Wer konnte das sagen.

»Ich habe gesagt, ich melde mich!«

Gespannt waren alle Augen auf Fritz Thurn gerichtet, er schluckte.

»Hier spricht Thurn, Fritz Thurn. Basima, ich weiß, dass du da drinnen bist, warum auch immer. Ich möchte mit dir sprechen, eine Lösung finden. Denk darüber nach. Bitte.«

Es war still in der Leitung, man hörte das Atmen der Frau, im Hintergrund nieste jemand mehrfach, sonst war lange Zeit nichts.

Die Stimme kam klar, ohne Verzerrung, leise und angespannt.

»Fritz, warum musstest du es herausfinden? Nun werden wir beide sterben, es gibt keinen Ausweg. Ich musste tun, was zu tun war. Wie sonst sollen unsere jungen Mitstreiter überleben, wie sonst können wir diese grausamen Menschen an der Macht in die Knie zwingen? Es gibt nur diese eine Möglichkeit.«

»Basima, es gibt immer einen Weg. Jener über die Gewalt ist immer der falsche Pfad. Lass uns darüber reden. Ich komme zu dir, wir reden darüber, alleine, ohne diese Menschen hier. Nur wir beide. Ich komme zu dir, bitte, sprich mit mir.«

Wieder war es lange still.

»Vorher musst du mir etwas versprechen. Ich will wissen, ob meine Mutter und die Kinder in Sicherheit sind, ob sie es geschafft haben und in Liechtenstein angekommen sind. Bevor ich das nicht weiß, mache ich gar nichts.«

Es dauerte vier Stunden, dann war klar, dass die Kinder und die Mutter sicher ihr Ziel erreicht hatten. Tobias Kroll hatte seine amerikanischen Freunde eingesetzt, was einmal eine sinnvolle Aufgabe der Geheimdienste war, sollte Fritz Thurn später augenzwinkernd zu ihm sagen.

Eine weitere Meldung sorgte beim Oberst für Freude. Wladimir Kuchanko war auf einem Parkplatz in der Nähe von Vaduz festgenommen worden, in seinem Wagen fand man mehrere Waffen. Auch hier hatte die CIA der dortigen Polizei den Tipp gegeben. Die österreichischen Behörden hatten bereits die Einleitung eines Auslieferungsverfahrens in Vorbereitung.

Jetzt lag es wieder an Fritz Thurn, die nötigen Beweise zu erbringen, um Kuchanko als Mörder des Bauern anklagen zu können. Das konnte warten. Hauptsache, der Kerl saß vorerst einmal fest.

Mittagszeit.

Im Einsatzbus war es heiß geworden.

Diesmal meldete sich Basima sofort. In der Zwischenzeit hatte das Außenministerium den Kontakt zum Regime herstellen können.

Von Verhandlungen betreffend die Freilassung war man aber noch weit entfernt.

Basima gab ihre Einwilligung zum Treffen mit Fritz Thurn.

Der bereitete sich auf seinen schweren Gang vor. Man wollte ihn verkabeln, was er ablehnte.

Er wollte unbewaffnet, ohne Abhörvorrichtung das Gespräch mit Basima suchen.

38

Vom nahen Dom zu St. Stephan waren die Mittagsglocken verklungen, als sich der Oberst auf den Weg in den Gourmet-Tempel machte.

Major Helleweg gab ihm letzte Anweisungen.

»Du sollst eines wissen, Fritz. So viel Vertrauen, wie du in diese Person setzt, kann ich mir nicht leisten. Wir sind auf alle Fälle vorbereitet. Denk immer daran, Scharfschützen haben sie im Visier. Es wäre schön, könntest du die Sache beenden, zumindest sollte sie zum Zeichen des guten Willens die eine oder andere Geisel freilassen. Das würde uns bei den Verhandlungen mit dem Regime helfen. Mach's gut, Fritz.«

Er war noch nie in einem Lokal, ausgezeichnet mit drei Hauben, gewesen. Es war dunkel im Raum, den er sich viel größer vorgestellt hatte. Man hatte die Rollläden heruntergelassen. Elegante gedimmte Stehlampen spendeten verhaltenes Licht. Die Klimaanlage summte leise, die Temperatur angenehm im Vergleich zum Bus.

Sechs verängstigte Geiseln saßen rund um zwei zusammengestellte Tische.

Vier Frauen in modischen Sommerkleidern der Haute Couture, zwei Männer in senffarbenen Anzügen italienischen Schnittes. Der noble Wirt, ein stämmiger Mann mit grauen Schläfen, hellen, neugierigen Augen und einem Lächeln im Gesicht, als wäre die Angelegenheit die normalste auf Gottes Erdboden, winkte ihm zu.

»Willkommen im *Chez Kerschy* mein Herr. Leider kann ich Ihnen wegen besonderer Umstände nur Wasser kredenzen, mehr ist nicht erlaubt«, sagte er schmunzelnd, den Blick auf die dunkle Gestalt in der hinteren Ecke des Lokals gerichtet.

Von seinem Standort aus konnte Fritz unmöglich sagen, wer dort saß.

Schwarze Hose, weite schwarze Bluse, lange Ärmel, schwarzes Kopftuch eng um Hals und Kopf gewickelt, das Gesicht bis zu den Augen verdeckt, dunkle Sonnenbrille, schwarze Handschuhe.

Auf den Oberschenkeln ruhte eine kleine Maschinenpistole israelischer Herkunft. Am Tisch lagen vier Handgranaten, daneben ein undefinierbarer Gürtel, etwa zwanzig Zentimeter breit.

Plötzlich nieste die Gestalt mehrfach.

»Madam scheint sich verkühlt zu haben«, witzelte der Wirt.

Thurn holte tief Atem. Für Witze war er nicht aufgelegt. Bedächtig näherte er sich der Gestalt.

»Setz dich zu mir, Fritz. Hierhin, damit ich die noblen Gäste im Auge behalten kann. Du musst wissen, diese Herrschaften wohnen und speisen an den teuersten Orten dieser Welt, während in der Heimat Frauen und Kinder in Schutzkellern dahinvegetieren. Langsam verrecken, wie die Ratten, die sie ständig umkreisen. Allein aus diesem Grund müsste man diese Leute auf der Stelle töten.«

Gott, dachte Fritz verzweifelt, wie verändert diese Stimme ist! Verbittert, traurig, hasserfüllt.

»Basima, meine Liebe, ich kann es nicht glauben, bist du das wirklich?«

Er hatte geflüstert, die anderen konnten ihn nicht hören.

»Ich bin es Fritz, endlich lernst du mich kennen, wie ich wirklich bin. Eine Kämpferin für die Freiheit meines Volkes, für die Brüderlichkeit unserer Menschen, für den Frieden. Jetzt bin ich zur Terroristin geworden, an meinen Grenzen angelangt. Glaube mir, ich ziehe das durch bis zum bitteren Ende. Bevor meine Brüder nicht aus dem Gefängnis entlassen sind, verlässt hier keiner den Raum. Das schwöre ich bei Gott und allen Heiligen.«

»So bist du nicht Basima, nicht so.

Du hast so viel für die Armen, die Kranken, die Verwundeten getan. Du bist ein guter Mensch, ich weiß es. Denk an Amira und Adil, sie sind noch so jung, sie brauchen dich.

Wenn das hier vorbei ist, könnt ihr wieder zusammen sein. Noch ist niemand verletzt oder getötet worden, du wirst einen milden Richter finden. Man wird deine besonderen Umstände berücksichtigen, dich nicht lange einsperren. Ich werde mich für dich einsetzen. Bitte, Basima, gib dein Vorhaben auf.

Denk doch auch an mich, ich liebe dich immer noch so sehr, ich will nicht ohne dich leben.«

Wieder dreimal niesen.

Sie nahm das schwarze Kopftuch ab. Ihr Gesicht war fahl, die Augen hatten den wunderbaren Glanz verloren, sie hatte schon viel zu lange nicht geschlafen.

Nahm sie ein Aufputschmittel?

»Ich mache dir einen Vorschlag. Man verhandelt mit dem Regime. Als Zeichen deines Willens solltest du zumindest zwei Geiseln freilassen. Danach sehen wir weiter. Was meinst du?«

Sie nickte. Langsam stand sie auf, ging zum Tisch und sprach einige arabische Worte. Die zwei älteren Frauen erhoben sich.

Basima ging zur Tür, öffnete einen Spalt, warf einen Blick hinaus und winkte die beiden zu sich.

Dann öffnete sie die Tür ganz, blieb dahinter verborgen und beförderte die Frauen mit einem Tritt nach draußen.

»Bist du jetzt zufrieden? Mehr kann ich nicht für dich tun. Tut mir leid.«

Eine neue Nachricht war auf auf ihrem Handy eingegangen.

»Wer schreibt dir? Darf ich das erfahren, Basima?«

Ihr Blick war plötzlich leer, Tränen liefen über die eingefallenen Wangen, sie begann zu zittern.

Sie ist am Ende ihrer Kräfte, dachte Fritz. Ich muss sie wegbringen, irgendwie, sonst macht sie Fehler, die ihren Tod bedeuten könnten. Er war sicher, dass sie eine Art Droge genommen hatte, deren Wirkung nachließ. Was sollte er tun?

»Die Nachricht kommt von meinen Freunden. Sie haben mir soeben mitgeteilt, dass die Brüder im Gefängnis gehängt wurden. Alle sechs. Sechs junge Leben, voller Tatendrang für die Zukunft. Mörder, ihr gottverdammten Mörder!«

Sie schrie die Geiseln am Tisch an, hob ihre Waffe und feuerte eine Salve über die Köpfe der verängstigten Menschen hinweg. Der Verputz rieselte auf die schönen Kleider.

Niemand war getroffen.

»Ich sollte euch alle erschießen, ihr mörderisches Gesindel.«

Mit einem Schlag war sie ruhiger geworden. Ihr Telefon klingelte.

»Es sind die Leute da draußen. Nimm du das Gespräch an.«

Thurn fasste das Handy, meldete sich.

»Was ist los, verdammt? Das waren Schüsse. Ist jemand verletzt?«

Helleweg war aufgeregt, zornig.

»Es ist nichts, nur ein Warnschuss. Ich melde mich wieder.«

Er legte das Handy auf den Tisch.

»Alles hat sich geändert, Fritz. Wozu diese Mörder noch festhalten? Ich kann keinen Druck mehr ausüben, unsere Brüder sind tot. Heimtückisch ermordet, verstehst du mich? Es war alles umsonst, der lange Weg hierher, die Geiselnahme, alles umsonst. Aber ich werde nicht hierbleiben, ich werde zu meinen Kindern zurückgehen. Die Geiseln kommen mit, als Garantie für meine Freiheit. Für eine Rückkehr zu meiner Mutter, zu meinen Kindern, dafür brauche ich diese Mordgesellen jetzt.«

39

Die Umgebung des *Chez Kerschy* wirkte völlig ausgestorben, keine Menschenseele war zu sehen.

Im sommerlichen Abendwind flatterten jede Menge zweifarbiger Absperrbänder, einzige Zeugen eines hochgradigen Polizeieinsatzes mitten in Vienna-City.

Die Einsatzleitung hatte den *Sicheren Gürtel* um das Lokal großzügig erweitert. Neugierige und Journalisten zurückgedrängt, die grellen Scheinwerfer abgestellt. Dies alles geschah auf Forderung von Basima El Din. Der von ihr bestellte Neunsitzer-Bus stand direkt neben dem Eingang zum Nobelrestaurant. Die dezent gedimmte Straßenbeleuchtung spiegelte sich in der Windschutzscheibe des mutmaßlichen Fluchtfahrzeuges.

Im Lokal herrschte angespannte Ruhe. Der Wirt lehnte teilnahmslos an der eleganten Bar.

Die starren Blicke der vier verbliebenen Geiseln richteten sich auf Fritz Thurn, der den Anruf am Handy entgegennahm.

»Wie sieht es aus? Wir sind allen Forderungen nachgekommen. Was hat die Dame vor? Konntest du sie in der Zwischenzeit zur Einsicht bringen?«

Major Hellewegs angespannte Stimme klang müde.

»Natürlich nicht. Sie beharrt darauf, die beiden Männer als Geiseln mitzunehmen. Der Wirt und die Frauen kommen frei. Ich bin jetzt auch Geisel. Noch einmal zum Ablauf. Zuerst kommen die beiden Frauen und der Wirt raus. Ihr schafft sie weg, der Platz muss frei und übersichtlich sein. Die Scharfschützen müssen weg. Das Licht der Straßenlampen wird vollständig ausgemacht. Danach kommen wir hinaus, steigen in den Wagen. Ich soll das Steuer übernehmen, Basima und die Männer bleiben im hinteren Bereich des Kleinbusses. Sollte ein verdächtiges Fahrzeug als Verfolger auftauchen, wird sie eine Geisel töten. Hubschrauber sind untersagt. Ihr habt abzuwarten, bis ihr eine Nachricht erhaltet. Ich kann dich nur dringend ersuchen, den Forderungen nachzukommen.

Die Meldung über den Tod der inhaftierten Rebellen hat Basima schwer getroffen. Sie ist in einer unkontrollierbaren Stresssituation. Ich konnte sie mit viel Mühe davon abhalten, die Araber zu töten. Für sie gelten die Geiseln als Mittäter, als Gehilfen der Mörder ihrer Brüder.«

»Okay, ich habe verstanden. Wann soll es losgehen?«

»Sofort. Die Frauen und der Wirt kommen zuerst.«

Die Frauen weinten hysterisch, gestikulierten, riefen arabische Ausdrücke. Basima hob ihre Waffe und richtete sie auf einen der Männer. Eine kurze arabische Wortmeldung, die Frauen verstummten eingeschüchtert.

Thurn brachte sie zur Tür, wo der Wirt bereits wartete.

»Viel Glück, Herr Oberst, passen Sie auf sich auf, vielleicht sehen wir uns ja später einmal zu einem kleinen Diner bei uns im Hause.«

Dann ging alles sehr schnell.

Drei Personen huschten ins Freie, wurden von zwei Beamten der Einsatzgruppe in die Mitte genommen und verschwanden im Halbdunkel der reduzierten Beleuchtung.

»Basima hör mir bitte zu. Letzte Gelegenheit. Lass auch die Männer gehen, ich bringe dich danach beschützt in die Freiheit. Wir sorgen für deine Sicherheit, alles wird gut werden, glaube mir.

Du verschlimmerst die Sache nur. Sei vernünftig, deine Familie zuliebe, gib auf, bitte.«

Sie sah ihn lange an, legte die Waffe auf den Tisch, kam auf ihn zu und schlang ihre Arme um seinen Hals. Lange und innig küssten sich zwei einsame Menschen in den dramatischsten Minuten ihres Lebens.

Es war ein Abschiedskuss.

Er spürte die Wehmut, konnte sie in ihren tränen verhangenen, glanzlosen Augen sehen.

In diesem Moment wäre es ihm ein Leichtes gewesen, sie zu überrumpeln.

Er brachte es nicht übers Herz.

Als er jetzt die kleine Granate in ihrer linken Hand bemerkte, wusste er, dass ein Angriff ihm und ihr das Leben gekostet hätte.

Hatte sie damit gerechnet, diesen tödlichen Abgang vorbereitet?

Sie sicherte die Granate, legte sie mit den anderen in die weite Umhängetasche, schnappte die Maschinenpistole und winkte die zitternden Männer in Richtung Tür.

»Los, ihr Hunde! Hinaus mit euch Mördern.«

Plötzlich war sie wieder die eiskalte, berechnende Terroristin.

Ein kalter Schauer lief über den Rücken des Obersts. Sie öffneten vorsichtig die Tür. Die beiden Männer, deren Hände Thurn auf ihre Anweisung hin mit Klebeband hinter dem Kopf fixiert hatte, gingen voraus, stets bedroht durch die schussbereite Waffe in ihren Händen.

Thurn öffnete die seitliche Schiebetür, verfrachtete die Geiseln auf die breite Rückbank und drehte sich um.

Basima stand direkt vor ihm.

Sie sah ihm zwingend in die Augen, als wollte sie sagen: Verzeih mir, es musste sein.

Ihre Hand mit der Waffe fuhr in die Höhe, die Mündung tanzte vor seinen Augen.

Ihr heftiges Niesen kam zeitgleich mit dem Erscheinen eines roten Punktes auf ihrer Stirn.

»Nein! Nicht schießen!«

Mitten in seinen markerschütternden, verzweifelten Schrei hinein sackte Basima El Din lautlos zusammen.

Die Waffe fiel polternd auf die edlen Marmorplatten des Einganges.

Knapp über dem Nasenbein, in halber Höhe ihrer makellosen Stirn sickerte ein Blutfaden aus einem kleinen runden Loch.

Thurn erstarrte, rund um ihn war die Welt erloschen, unwirklich, unwahr, utopisch.

Unnatürlich langsam fiel er auf die Knie, umfasste den leblosen Körper seiner großen Liebe.

Er legte ihren leblosen Kopf in seinen Schoß, strich über ihr weiches Haar, blickte in die starren schwarzen Augen, aus denen die winzigen goldenen Sternchen verschwunden waren.

»Basima, meine Basima«, seine Stimme brach.

Gnadenlos wurde er von zwei Einsatzbeamten zur Seite gezerrt.

Ein Notarzt prüfte den Zustand des Leichnams, fühlte am Hals den Pulsschlag, leuchtete in die gebrochenen Augen.

»Exodus!«

Das furchtbare Wort dröhnte in seinen Ohren.

Sie warfen eine Plane über die tote Basima.

Thurn wehrte sich mit aller Kraft. Er schrie die Einsatzbeamten an, verteilte Schimpfwörter, die so gar nicht zu ihm passten.

Es nutzte nichts, man ließ ihn nicht mehr zu ihr.

Später, sie hatten ihn in den Einsatzwagen gebracht, saß er wie ein Häufchen Elend auf einem der Gartenstühle, das Gesicht in beide Hände vergraben.

Major Helleweg wartete. Die Anspannung war von ihr abgefallen Sie wirkte plötzlich müde. Der nervenaufreibende Einsatz hatte viel Substanz gekostet.

In ihrem Herzen spürte sie eine Art Mitschuld am Ausgang des Dramas.

»Fritz, hör mir bitte zu, es tut uns allen sehr leid, dass es so kommen musste.«

Er richtete sich auf.

»Leid? Es tut euch leid? Ihr habt einen Menschen getötet, ohne jede Notwendigkeit.

Einfach abgeknallt, getötet wie ein gefährliches wildes Tier. Ihr kotzt mich an!

Lass mich in Ruhe. Ich habe im Gegensatz zu dir Gefühle. Ich trauere um eine Frau, um meine letzte Liebe. Eine großartige Frau, die zwei Kinder hinterlässt, eine Frau mit Werten, die du nicht kennst. Verschwinde endlich.«

Nachwort
Herbst 2022

Absolut nichts erinnerte an diesem warmen Spätsommertag an die dramatischen Stunden der Geiselnahme am Graben zu Wien.

Menschentrauben flanierten durch die wunderschönen Gassen, vorbei an Straßenmusikanten, Eisverkäufern, allerlei Gauklern und Akrobaten.

Das Leben pulsierte, wie eh und je in der Wiener Innenstadt.

Im Schanigarten des *Chez Kerschy*, vorwiegend Gästen des noblen Lokales zur Einnahme eines Aperitifs vorbehalten, saß ein Mann, nachdenklich eine Virginia rauchend vor einem feinen Glas Prosecco wahren italienischen Ursprunges.

Oberst Fritz Thurn, nach drei Wochen an den Ort zurückgekehrt, der ihm das Liebste genommen hatte, versuchte damit die Trauer zu verarbeiten.

Er war aber auch bei einer Schlussbesprechung zum Geiseldrama anwesend gewesen.

In einem Video wurden die wesentlichen Szenen des Einsatzes gezeigt. Demzufolge hatte ein versteckter Scharfschütze den *Finalen Rettungsschuss* gesetzt. Nach seiner Darstellung, auf dem Video zu sehen, war das Leben der Geisel durch das Hochziehen der Maschinenpistole in höchstem Grade bedroht gewesen, somit der Schuss gerechtfertigt.

Dass die spontane Bewegung der Geiselnehmerin einem nicht kontrollierbaren Reflex geschuldet war, konnte der Mann in der Zehntelsekunde des Geschehens nicht abschätzen. Und genau dieser verhängnisvolle Reflex von Basima, die Hand vor die niesende Nase zu halten, hatte ihrem Leben ein jähes Ende gesetzt.

Fritz Thurn musste den furchtbaren Ausgang des Dramas in dessen Banalität zur Kenntnis nehmen. Bislang war ihm das nicht gelungen. Zu groß war die Trauer ob des sinnlosen Todes seiner Lebensliebe.

»Herr Oberst, die Vorspeise erwartet Sie! Bitte schön, folgen Sie mir.«

Der akkurat gekleidete Kellner führte ihn zum Tisch, wo der Hausherr bereits Platz genommen hatte. Martin Kerschy hatte es sich nicht nehmen lassen, den Lunch gemeinsam mit dem Oberst einzunehmen.

Sie hoben die Gläser, gefüllt mit bestem Weißwein aus *Pouilly-Fumé,* der klassischen Sauvignon Blanc Region Europas, an der französischen Loire gelegen.

»Auf ihr Wohl.«

»Auf das Wohl von Basima El Din, die es verdient hätte, heute mit uns anzustoßen.«

Der Wirt sah ihn überrascht an, nickte und führte sein Glas zum Mund.

Nach einem in kulinarischer Hinsicht erlebnisreichen Lunch verabschiedeten sich die Männer. Thurn hatte noch eine Verabredung mit Major Helleweg in deren Büro.

Helleweg versuchte erst gar nicht, sich zum abgeschlossenen Einsatz zu äußern. Ihre Sicht der Dinge war klar. Der Scharfschütze hatte richtig gehandelt, die Geiselnehmerin hatte sich in eine Gefahr begeben, in der sie letztlich umgekommen war.

Sie unterhielten sich über den weiteren Verlauf der Ermittlungen im Zusammenhang mit Kuchanko. Helleweg bot ihm Unterstützung an, die er dankend ablehnte, zumal dies ohnehin im Rahmen der Zuständigkeiten nicht möglich gewesen wäre.

»Was geschieht mit den beiden Kindern? Hast du diesbezüglich eine Nachricht? Gibt es eine Möglichkeit, sie zu besuchen?«

Helleweg nippte kurz am Espresso.

»Die Kinder haben in Liechtenstein Asylanträge eingebracht. Die dortigen Behörden prüfen. Sie stehen unter Hausarrest. Im Anwesen von Oma, die ihren ordentlichen Wohnsitz seit Jahren dort begründet, wird es ihnen nicht schlecht ergehen. Ich wage die Vermutung, dass die Anträge positiv erledigt werden. Besuch ist derzeit nicht möglich, nach Aussage der dortigen Kollegen. Der Sonnyboy vom Staatsschutz hat nachgefragt, ob wir bei der Geiselnehmerin Datenträger gefunden hätten. USB-Stick oder Ähnliches. Hast du eine Ahnung, was er damit meint? Wir haben jedenfalls nichts dergleichen entdeckt.«

Thurn schüttelte den Kopf.

»Keine Ahnung, du musst Tobias Kroll fragen. Ich gehe noch zu ihm. Soll ich etwas ausrichten, vielleicht eine Einladung zum Essen oder etwas in dieser Richtung?«

Helleweg verzog den Mund.

»Vielen Dank, nicht mein Typ. Ja, dann, Fritz. War nett, dich zu treffen, vielleicht sieht man sich wieder einmal. Hoffentlich in einem anderen Zusammenhang.«

Auf dem Weg zum Büro der Direktion für Staatsschutz und Nachrichtendienst rauchte er eine seiner geliebten Zigarren. Tobias Kroll erwartete ihn bereits.

»Servus Oberst. Nimm Platz, wir müssen uns unterhalten. Vorerst die gute Nachricht.

Baschnar El Din ist in Ungnade gefallen, er wurde in Haft genommen, berichten mir unsere amerikanischen Freunde. Grund dafür sind wahrscheinlich die verschwundenen Unterlagen, die abgeräumten Konten in Zürich und nicht zuletzt die Daten der Drohne. Wir beide wissen wovon wir sprechen, nicht wahr? Was wir in der Direktion nicht wissen, wo sind diese Dinge? Wer ist im Besitz der Datenträger? Deine liebe Basima hatte sie nicht dabei. Du bist unsere Rettung, Fritz. Also, wo sollen wir suchen?«

»Ein guter Rat, mein lieber Tobias. Begebt euch in den Sumpf der geheimdienstlichen Unterwelt, schnüffelt dort herum bis zur Vergasung. Vielleicht helfen euch eure russischen, amerikanischen und chinesischen Freunde dabei. Sie waren es letztlich ja auch, die dem Regime zur Ermordung der Rebellen im Gefängnis geraten haben. Ansonsten wäre alles anders gekommen. Basima könnte noch am Leben sein. Du brauchst mir nicht zu antworten, ich kann auch so eins und eins zusammenzählen. Was für eine widerliche Welt in der du arbeitest.

Auf meine Hilfe könnt ihr nicht zählen. Mich interessieren diese Dinge nicht, ich will nicht an diesen Menschen anstreifen. Sie ekeln mich an.

Ich habe den Mordfall *Bergwald Ennstal* für Staatsanwaltschaft und Gericht zu einem Ende zu bringen, nicht mehr und nicht weniger.

Hättest du mir gleich gesagt, worum es geht, hätte ich mir den Weg hierher sparen können.«

Ein frischer Abendwind säuselte sein Lied in den dichten Weinreben nahe Sooß.

Bald war Lesezeit der frühen Sorten.

Oberst Fritz Thurn hatte eine kleine Decke ausgebreitet, eine Flasche St. Laurent aus dem nahen Weingut geöffnet und sich einen Becher eingeschenkt.

Seine geliebte Virginia-Zigarre zerbrach, Tabakreste rieselten zu Boden.

»Tut mir leid, Liebling. Ich habe mich verspätet, hast du einen Becher für mich?«

Er schenkte duftenden Wein in den Kunststoffbecher, hielt in der wartenden Basima hin.

Die Abendsonne stand tief in ihrem Rücken, strahlte durch das jetzt wieder lange, wallende Haar, ließ sie wie einen wundersamen Engel der Ewigkeit leuchten.

Ein solcher blieb sie auch für ihn. Ein strahlender Engel der Erinnerung an Stunden grenzenloser Liebe.

Einzig die kleinen, piepsenden Vögel auf munterer Insektenjagd in den dichten Reben hätten die Tränen des einsamen, gebrochenen Mannes sehen können.

Anmerkung des Autors

Der vorliegende Roman ist ein fiktionales Werk. Alle Figuren und Ereignisse sind frei erfunden. Ähnlichkeiten mit lebenden oder verstorbenen Personen sowie realen Ereignissen sind zufällig und nicht beabsichtigt. Der Autor nimmt sich die Freiheit fiktive Handlungsabläufe zu konstruieren, wo es notwendig erscheint. Ähnlichkeiten mit lebenden Vorbildern oder Namensgleichheiten lassen sich jedoch niemals ganz vermeiden. Sollte sich jemand in diesem Werk wiedererkennen, so handelt es sich um reinen Zufall.